KB078489

무한 레벨업

현윤 퓨전 판타지 소설

FUSION FANTASTIC STORY

무한 레벨업 3

현윤 퓨전 판타지 소설

초판 1쇄 찍은 날 § 2016년 5월 18일
초판 1쇄 펴낸 날 § 2016년 5월 25일

지은이 § 현윤
펴낸이 § 서경석

편집책임 § 이재림

펴낸곳 § 도서출판 청어람
등록번호 § 제387-1999-000006호
등록일자 § 1999. 5. 31
어람번호 § 제1-2437호

주소 § 경기도 부천시 원미구 부일로 483번길 40 서경B/D 3F (우) 14640
전화 § 032-656-4452 팩스 § 032-656-4453
http://www.chungeoram.com
E-mail §chungeorambook@daum.net

ⓒ 현윤, 2016

ISBN 979-11-04-90814-9 04810
ISBN 979-11-04-90768-5 (세트)

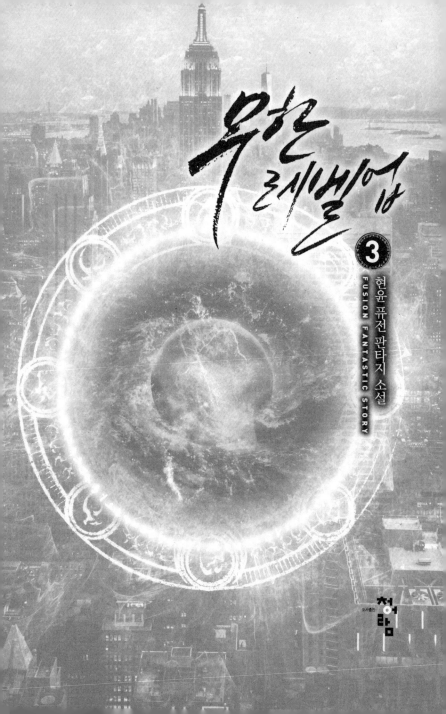

목차

제1장
발전

　동부 해협 남부, 백색 깃발을 내건 아펠트 군도의 상선이
망망대해를 부유하고 있다.

　쏴아아아아!

　순풍을 따라서 배는 아주 안전하게 나아가고 있었고, 병사
들의 사기 역시 좋았다.

　하지만 하진은 걱정이 한가득이다.

　"성녀라……."

　신성제국의 성물 신의 창을 들고 도망친 레이나는 제국의
부흥을 위해 길러진 성녀였다.

　그녀는 제국의 무분별한 병탄과 탐욕에 물든 황제의 야욕

을 저지하기 위하여 무작정 제국의 성물을 가지고 도망쳤다.

신의 창이 과연 어떤 힘을 가지고 있는지 알 수 없는 그녀였지만 이것만으로도 교권이 하락하고 왕권이 저하될 것임을 잘 알고 있는 것이다.

그녀의 예상대로 황제는 신의 창을 도둑맞았다는 사실을 알아채자마자 추격대를 보내 온 대륙을 다 뒤집어놓았다.

일이야 어찌 되었건 간에 그녀는 아주 위험하면서도 흥미로운 존재인 것은 틀림없었다.

네이튼은 하진에게 그녀를 이곳에서 떠나보낼 수 있도록 조언했다.

"잘못하면 우리 모두가 위험해진다. 아무리 뛰어난 지도자를 가진 집단이라고 해도 제국을 상대로 싸워 이길 수는 없다."

"하지만 저 신의 창이라는 것이 어떤 힘을 가지고 있는지 아무도 알지 못하지 않나?"

"그것이 어떤 물건이든 우리와는 상관이 없는 일이다. 그러니 저 여자를 당장 바다에 빠뜨려 버리든지 소형 선박을 쥐어 주고 내쫓는 것이 옳다."

"흐음……."

깊은 고민에 빠져 있던 하진에게 테르니온이 말했다.

"도박을 하려거든 한 가지만 생각하게. 실패하면 우리는 모두 죽어."

"옳은 말이다."

하진은 일단 그녀를 군락으로 데리고 가기로 했다.

"좋습니다. 그렇다면 마을로 데리고 가서 모두의 의견을 물어본 후 돌려보내도록 하시죠."

"만약 다수결로 저 여자를 남겨두자고 말한다면?"

"어쩔 수 없이 데리고 있어야지요."

"그래, 자네의 의견이 정 그렇다면 어쩔 수 없지."

하진은 한 무리의 수장이기도 하지만 가장 결정적인 권한을 가지고 있는 결정권자이기도 했다.

그는 자신을 따르는 사람들을 위해서라도 올바른 결정을 내려야만 했다.

"모두를 위한 군락입니다. 혼자서 누구를 버리고 살리는 일을 결정할 수는 없지요."

"맞아. 자네의 말이 옳아."

하진은 그녀를 데리고 군도까지 항해하기로 했다.

*   *   *

아펠트 군도의 초입.

뚝딱, 뚝딱!

거친 망치질 소리가 해안가까지 들려오고 있다.

하진은 임시 항구에 배를 대고 공사가 한창인 성벽 축조 현장부터 찾았다.

"대장님, 오셨습니까?"

"공사는 잘 진행되고 있지요?"

"물론입니다."

임시 촌장 라베트가 공사를 총괄하고 있는데, 그는 목수 출신에다 원래 마을 촌장을 지낸 적이 있었다.

경력이 아주 오래된 목수이다 보니 성벽을 축조하는 데 큰 도움이 될 뿐만 아니라 자신의 노하우를 기술자들에게 전수하여 조금 더 수월한 작업이 가능했다.

하진은 공사 현장의 작업 진행 상황에 대해 물었다.

"현재 공사는 어디까지 진행되었습니까?"

"1차 옹벽을 완성하고 2차 옹벽까지 축조했습니다. 말씀하신 해자의 옹벽 역시 90% 이상 진행된 상태입니다."

"으음, 좋군요. 이 정도면 앞으로 레이드 현장까지 길을 넓히는 데 큰 문제가 없겠어요."

"물론입니다. 다만 문제가 되는 것이 식량이라서 식사만 제대로 해결된다면 공사에 큰 차질은 없을 겁니다."

"걱정하지 마십시오. 안 그래도 식량을 충분히 조달해 왔으니 앞으로 1년은 식량 걱정 하지 않아도 될 겁니다."

"그렇군요. 대장님이 고생하시는군요."

"별말씀을요. 그럼 계속 작업을 진행해 주십시오. 조달한 식량으로 빵을 완성해놓겠습니다."

"예, 알겠습니다."

그 모습을 보고 하진의 뒤를 따르던 성녀 레이나의 표정에서 이채로움이 발산되었다.

"…대단하군요. 불모지 중에서도 가장 최악의 섬으로 알려진 아펠트 군도를 이만큼 정벌해 놓았다니. 역시 인간의 끈기란 질기고도 질긴 것이군요."

"생존은 원래 고결한 겁니다. 고결함은 그 어떤 것에도 굴하지 않지요."

그녀를 데리고 마을 회관으로 가는 동안 하진은 레이나를 어떻게 할 것인지 알려주었다.

"우리는 당신을 어떻게 처리할 것인지 마을 회의에 회부할 겁니다. 만약 당신이 충분한 가치가 있다고 판단되면 우리 마을에 합류할 것이고, 그렇지 않다면 퇴출입니다."

"듣자 하니 당신은 노예선도 털어서 수용한다고 하던데 나 같은 성녀가 있으면 마을에 도움이 되지 않겠어요?"

"어떤 근거로?"

두 사람이 지나던 길목에는 레이드에서 입은 상처로 다리를 저는 한 병사가 달구지를 끌고 있었다.

아무래도 싸움에 나갈 수 없으니 한쪽 다리로 밭이라도 갈 모양인 듯했다.

"잘 봐요."

"네?"

그녀는 다리를 저는 병사에게 다가가더니 그의 상황에 대해 물었다.

"다리는 왜 저는 건가요?"

"몬스터의 독에 당해서 다리를 절게 되었지요. 그런데 그건 왜 묻습니까?"

"아아, 그렇군요."

그녀는 잠시 눈을 감았다.

우우우웅!

바로 그때, 그녀의 몸에서 순백색의 빛이 뿜어져 나오기 시작했다.

사람들은 그녀의 신묘한 능력에 감탄을 금치 못했고, 하진 역시 이것이 과연 무슨 상황인지 정확하게 인지하지 못했다.

'뭐지? 성녀에게는 뭔가 특별한 능력이 있는 것인가?'

게임을 상당히 많이 접한 하진이지만 게임 내에선 성녀에 대한 언급이 한 번도 없었기 때문에 레이나가 지금 무슨 능력을 부리는 것인지 알 수가 없었다.

하지만 그런 의구심은 빛 무리가 잦아들고 난 후 곧바로 없어졌다.

"됐어요. 이젠 다리가 제대로 움직일 겁니다."

"…뭐라고요?"

"속는 셈치고 한 번 걸어봐요."

병사는 다리를 땅에 디뎠고, 그는 정말로 아무렇지도 않은 듯이 제자리에서 뛰면서 자신의 건재함을 증명해 냈다.

"어, 어어?! 정말 다리가 움직이네?!"

"신이 도왔습니다. 만약 내가 이곳까지 오지 못했다면 평생 독을 어떻게 치료하는지 알 수 없었을 겁니다."

"하하, 하하하! 감사합니다! 이젠 정말 영지에 짐이 되는 사람이 아닌 진짜 병사가 될 수 있겠군!"

"축하하네!"

"이야, 이 처녀에게 도대체 무슨 신묘한 능력이 있는 거지?! 대장님, 그녀는 누구입니까?!"

하진은 그녀의 눈동자를 가만히 바라보았다.

"어때요? 이래도 쓸모가 없어요?"

"확실히 큰소리칠 만하군요. 대단합니다."

"그게 끝인가요?"

"아니요, 내 부하를 살려준 것에 대한 감사의 표시를 하고 싶군요."

그는 레이나 앞에 깊이 고개를 숙였다.

"고맙습니다. 우리에겐 병사 하나하나가 너무나도 소중합니다. 아니, 무엇이든 하나하나가 필요하지 않은 사람이 없죠. 한 명이 죽으면 그 빈자리가 너무 아프게 나타나게 되죠."

"난 그냥 신이 주신 능력을 조금 나누어준 것뿐인데요?"

"그 능력이 어디서 온 것이고 누가 준 것인지는 상관이 없습니다. 당신이 내 부하를 고쳐주었다는 것이 중요할 뿐이지요."

레이나는 아주 기분이 좋은 미소를 지었다.

"다행이군요. 그런 좋은 시선으로 나를 봐주어서 말이죠."

"아닙니다. 당연한 일인 것을요."

이제 하진은 그녀에 대한 가치가 아주 높다는 것을 예상했다. 하지만 과연 레이나의 이런 신묘한 능력이 제국과의 반목을 불사할 만큼 대단한 것인지가 중요했다.

'이제는 내 손을 떠난 사안이다. 마을 사람들이 모든 것을 결정할 것이다.'

하진은 마을 회관으로 저녁 회의를 소집했다.

*   *   *

아펠트 군도에서 일어나는 모든 일은 전부 마을 회의를 거쳐 다수결로 의제를 결정하도록 되어 있다.

이것은 하진이 만든 가장 기본적인 원칙이며, 앞으로 아펠트 군도가 유지되어 갈 근간이 될 것이다.

하진은 이번에 있던 노예선 강탈과 성녀 레이나의 영입에 대한 의제를 표결에 붙였다.

"다들 아시다시피 우리는 노예해방과 자국민의 보호를 최우선 과제로 삼고 있습니다. 지금 우리가 목숨을 걸고 아펠트 군도를 지켜가는 가장 큰 이유이기도 하지요. 자, 그럼 여러분에게 묻겠습니다. 해방된 노예를 어떻게 하는 것이 좋겠습니까?"

"집은 충분합니다. 각자 집을 한 채씩 지어주는 것이 좋다고 생각합니다."

"옳습니다."

"그럼 각자의 집을 지어주는 것으로 결정을 내리겠습니다. 그리고 난 이후엔 각자의 특기에 맞도록 직업을 부여하는 것이 좋겠군요. 이 사안에 대해선 촌장님께서 추후 보충 인력 선발 때 알맞은 경정을 내려주십시오."

"잘 알겠습니다."

이어서 하진은 레이나를 주민들 앞에 세웠다.

"아펠트 군도의 새로운 식구가 될지 말지를 결정하는 시간을 갖겠습니다."

"우리는 적이 아니라면 누구든 식구로 맞는 것 아니었습니까?"

"이 사람은 제국의 성녀입니다. 게다가 제국의 성물을 가지고 도망쳤습니다. 아마 지금쯤이면 추격대가 대대적으로 편성되어 바다를 건넜을 겁니다."

순간, 사람들의 의견이 분분하게 갈려 소란을 유발했다.

웅성웅성!

하진은 그런 그들에게 그녀가 오늘 보여준 신묘한 능력에 대해서 설명했다.

"아는 사람은 아시겠지만 보병부대 소속 디펜더 스티크가 전투 중에 다리를 잃었습니다. 헌데 오늘 레이나 성녀가 그의 다리를 고쳐주었습니다."

"…스티크의 다리를?!"

"의학적인 지식은 고사하고 약물조차 제대로 사용하지 못하는 우리에겐 기적과도 같은 일이지요."

하진은 그녀에게 의학적인 지식에 대하여 물었다.

"당신은 의술을 사용할 줄 아십니까?"

"물론입니다. 성녀는 사람을 치료할 뿐만 아니라 적절한 처방도 내릴 줄 알아야 합니다. 힐링마법 한 방으로 사람을 살리는 일은 불가능하니까요."

"그렇군요."

방금 전까지만 해도 그녀를 수용하는 데 있어 반대하던 사람들이 하나둘 마음을 돌리기 시작했다.

"몬스터와의 싸움에서 부상자가 생기는 것은 필수불가결한 일입니다. 누구든 한 명쯤은 병사들을 돌볼 사람이 있어야 해요."

"맞습니다. 우리에겐 성녀라는 존재가 꼭 필요합니다."

주민들의 의견이 하나로 모아졌지만 네이튼은 영 달갑지 않은 모양이다.

"…하지만 제국이 우리를 가만두지 않을 텐데?"

"어차피 한 번쯤은 부딪칠 일 아닙니까?"

해리슨이 네이튼의 의견에 정면으로 반박했다.

"제국은 우리의 적입니다. 적의 중요한 부분을 우리가 취한다는 것은 아주 큰 의미가 될 겁니다."

"의미로 먹고살 수 있는 세상이 아니잖나?"

"때론 모든 것이 될 수도 있는 세상이지요. 특히나 지금과 같은 과도기엔 말입니다."

해리슨과 네이튼의 대립으로 인해 군부는 상당히 경직되었고, 하진은 이 둘을 중재할 필요가 있다고 판단했다.

"좋습니다. 오늘은 이쯤 해산하고 내일 다시 다수결을 표결하겠습니다. 하루 동안 생각을 정리하고 다시 모여서 의견을 나누시지요."

"그럽시다."

사람들은 일과를 마치고 각자의 거처로 돌아갔다.

*　　　*　　　*

아케인트 왕궁 내 리펠트 별궁.

딩디디디딩!

풍악과 술이 어우러져 한바탕 연회가 열린 리펠트 별궁에 루이나 차비와 그 슬하의 여식들이 초대되었다.

에네스는 왕에게서 하사받은 금은보화를 모두 연회에 풀어 모자람이 없이 격식을 차릴 수 있었다.

그는 아케인 왕국의 복식에 따른 아주 타이트한 가죽옷에 검은색 털 두건을 머리에 두르고 있었다.

다소 우스꽝스러울 수도 있는 전통 복장이었지만 워낙 외모가 빼어난 에네스이기에 그 모든 것이 상쇄되고도 남았다.

오늘 초대된 손님들은 대부분 여자기 때문에 파티의 분위기는 아주 경쾌하고도 발랄한 것이 특징이었다.

각 영지의 영애들과 루이나 차비의 여식들은 에네스에게 지대한 관심을 표했다.

"왕자님, 중부에선 남자들이 시도 쓰고 차도 마신다고 하던데 정말인가요?"

"예, 그렇습니다. 중부에선 시가 필수 조건임과 동시에 지적인 남자의 표상으로 거론되곤 하지요."

"어머나! 그렇다면 왕자님께서도 시를 지으실 줄 알겠군요?"

"물론입니다."

"와아아! 대단해요!"

아케인 왕국의 전사들이 가진 우락부락하고 무지막지한 것과 거리가 먼 지적인 남자 에네스의 매력은 이곳의 여자들에겐 신비함으로 다가왔다.

하지만 한 명, 차비만은 그렇지 않았다.

"왕국의 전사들이 들으면 까무러칠 얘기군."

"그저 소인의 소소한 취미라고 생각해 주시지요. 위대한 아케인 왕국의 전사들과는 비교도 할 수 없는 약소함입니다."

"그런 비루한 재능을 우리 앞에 들이미는 것은 폐하에 대한 불경이니 조심하는 것이 좋을 것이오."

그는 차비의 앞에 납작 엎드려 바닥에 머리를 쿵쿵 찧기 시작했다.

쿵쿵쿵!

"각골명심, 또 명심하겠습니다!"

"그래, 패망한 나라의 왕자는 그래야 하는 법이지."

바닥에 납작 엎드린 그를 바라보며 차비가 물었다.

"좋다, 내 친히 네놈에게 명령을 내리겠다."

"하명하시지요!"

그녀는 자신의 구두를 벗어 맨발을 드러냈다.

"발에 키스하라."

"바, 발에 말입니까?"

"그래, 발바닥에 말이다."

"예, 마마! 영광이옵니다!"

에네스는 추호의 망설임도 없이 그녀의 발에 열렬한 키스를 퍼부었고, 차비는 아주 만족스러운 표정으로 일관했다.

"후후, 그래. 이런 맛에 남자들이 정복을 일삼는 모양이군. 이번에는 발바닥을 핥아라."

"예, 마마!"

사람이 사람에게 발을 핥으라고 명하는 것은 그의 자존심과 긍지를 모두 빼앗는 일이다.

하지만 지금 에네스에겐 선택지가 그리 넓지가 못했다.

할짝할짝.

그저 시키면 시키는 대로 순종적인 개처럼 살아갈 뿐이었다.

"……"

차비의 이런 만행을 지켜보는 각 영지의 영애들과 공주들의 눈이 그리 곱지는 않은 듯했다.

하지만 왕에게 불어 닥칠 차비의 치맛바람을 생각하면 입을 함부로 놀릴 생각은 전혀 할 수가 없었다.

그렇게 얼마나 발바닥을 핥았을까?

"제2왕자 전하 납시오!"

빰빠바밤!

왕자가 입궐했다는 소식이 들림과 동시에 라이너스가 등장했다.

그는 무릎을 꿇고 차비의 발바닥을 핥고 있는 에네스에게 다가가 물었다.

"왕세자, 이게 도대체 어떻게 된 일이오?"

"차비마마에 대한 충정을 표하는 의식으로……"

"국왕폐하께서 친히 라펠트 궁까지 하사한 손님이 발을 핥고 있다니, 이게 무슨 천지가 개벽할 소리란 말이오?"

순간, 그녀의 표정이 와락 일그러졌다.

"…뭐라?"

"마마, 폐하께서 몸소 지정하신 손님입니다. 이게 도대체 무슨 말도 안 되는 일이란 말입니까?"

"왕자, 지금 나를 훈계하는 것이오?"

"훈계가 아니라 맞는 말을 하는 겁니다. 지금 당장 아바마마께 이 사실을 고해야겠습니다. 이 일이 묵었다 터진다면 감히 제가 감당할 수 없을 것입니다."

"……."

칼번은 아주 차분하고 이성적인 사람이지만 자존심이 강하고 누군가 자신에게 도전하는 것을 절대로 참지 못하는 성미였다.

더군다나 정복 군주의 사납고 잔악한 성질이 아주 유감없이 드러냈기 때문에 그의 심기를 건드렸다간 그 어떤 누구라도 살아남지 못할 터였다.

차비는 애초에 자신이 남자를 굴복시키는 취미를 가졌다는 것을 라이너스에게 들켰다.

그녀의 표정이 회색빛으로 물들었다.

'빌어먹을.'

아마도 라이너스는 그녀를 낚기 위해 이 자리를 만들었을 것이고, 이 자리에 하필이면 굴복시키기 가장 좋은 에네스가 있었다는 것이 문제였다.

딱딱하게 굳어버린 차비와는 다르게 라이너스는 회심의 미소를 지었다.

'그래, 그 늙은 주둥아리가 가만히 있으면 이상하지. 언젠가는 이런 날이 올 줄 알고 있었다.'

라이너스는 그녀가 도망가지 못하게 조금 더 숨을 옥죄어 갔다.

"그나저나 듣자 하니 넷째 왕자가 전장에서 패주하여 왕궁으로 도망 왔다고 하던데, 어떻게 된 겁니까?"

"…그게 무슨 소리인가?"

"넷째 왕자가 왕실의 불문율을 깨고 탈영을 했답니다. 중앙 지역 서부 지대를 점령하는 과정에서 적과의 조우가 있던 모양이더군요. 그 전투에서 패주하고 병사들을 내팽개치고 도주했답니다. 이것은 명백한 탈영이자 불문율 초탈입니다. 아마 폐하의 날카로운 문책과 벌이 내릴 겁니다."

"……"

라이너스는 넷째 왕자 아그나한이 전쟁에는 영 소질이 없고 오로지 술과 계집질에 빠져 사는 한량이라는 사실을 잘 알고 있었다.

서부 지대는 격전지와 동떨어진 곳이지만 그리 만만한 지역이 아니었고, 그는 아그나한을 일부러 서부 지대로 파견하여 패주를 조장했다.

그런데 하필이면 지금 이 일과 아그나한의 패주가 겹치는 바람에 차비의 처지는 벼랑 끝으로 몰리고 말았다.

'이런 능구렁이 같은 자식! 어린 시절에 진작 죽였어야 하거늘!'

그녀는 조금 누그러진 얼굴로 라이너스의 손을 잡았다.

"…가족끼리 이러는 법이 어디에 있는가?"

"아무리 가족이라도 탈영은 엄하게 다스려야 합니다. 그게 우리 아케인 왕국을 지탱하는 힘입니다."

"하지만 그 아이는 자네의 동생이 아닌가? 너그럽게 봐주는 것이……."

"그랬다가 폐하의 날벼락이 떨어지면 저는 어쩌라는 겁니까?"

"……."

라이너스는 그녀에게 한 가지 제안을 했다.

"좋습니다. 그럼 제가 비책을 한 가지 알려드리지요."

"비책?"

그는 연회를 파하였다.

"모두들 나가시오. 연회는 끝났소."

"예, 전하."

그녀들은 예법에 따라서 뒷걸음질로 파티장을 나섰고, 그는 이제 대놓고 그녀에게 제안을 했다.

"지금 보신 이 행위는 세족식입니다. 아시다시피 아케인에는 장모의 발을 씻겨주는 전통이 있습니다."

"……?"

"그러니까 지금 이 상황은 에네스가 차비마마께 청혼한 겁니다."

순간 그녀의 표정이 일그러졌다.

"뭐라?! 내 딸을……!"

"에네스 왕세자에게 주시지요. 폐하께는 중부의 통합을 위한 일이라고 전언하겠습니다. 그렇게 되면 관계가 아주 깔끔해지지 않겠습니까?"

"……."

"만약 에네스 왕세자가 결혼하게 된다면 왕자의 패주는 알아서 묻힐 겁니다. 아시다시피 국혼이 있을 때엔 왕족의 문책이 면제됩니다. 그게 왕가의 전통이니까요."

아무리 보는 눈이 많았다곤 해고 결혼이 성사되고 나면 아케인 왕국은 아그나한의 패주를 문책할 수 없게 된다.

이것은 결혼식이 있을 때에 친인척을 문책하는 것은 부정하다 여기는 아케인의 풍습 때문인데, 그는 이것을 이용하여 아그나한의 패주를 묻어줄 생각인 것이다.

그녀는 자신이 궁지에 몰렸다는 것을 인정하지 않을 수 없었다.

"…셋째 딸이 아직 미혼이네."

"에세르나도 충분히 아름답지만 그녀는 이미 혼약이 정해졌습니다. 다섯째로 하시죠."

"다섯째?"

사람에게는 누구나 깨물어 아픈 손가락이 존재하게 마련이다.

차비에게는 그녀의 딸이자 다섯째 아이린이 그러했다.

아이린은 태어날 때부터 왼쪽 손가락이 하나 짧고 코는 들창코에 언청이로 태어난 불운아였다.

그녀는 이제 열다섯이 되었지만, 다른 공주들처럼 혼처가 정해지지 않아 왕가의 버리는 카드로 통하고 있었다.

왕에겐 아주 큰 근심거리이지만 차비에겐 아픈 손가락이라 적당한 혼처를 찾는 다는 것은 불가능한 일이었다.

라이너스는 그녀의 아픈 부분을 찌르는 한편, 왕의 근심거리를 해치워 상성을 맞춰 이득을 취하려는 것이다.

에네스는 아무런 말도 없었지만, 속으론 단단히 각오를 되새기고 있었다.

'언청이건 벙어리건 돼지건 나에겐 아무런 상관이 없다. 왕가의 사람이라면 목숨을 걸 수도 있다!'

여전히 고개를 숙이고 있는 에네스에게 차비가 말했다.

"고개를 들라."

"예, 마마!"

"…명일에 차비전을 찾아오너라."

"예, 마마!"

차비는 미소를 짓고 있는 라이너스에게 말했다.

"이 수모는 반드시 갚아줄 것이다."

"뜻대로 하시지요."

그녀가 돌아간 후 바닥에 엎드려 있던 에네스에게 라이너스가 물었다.

"괜찮으시오?"

"물론입니다. 저는 괜찮습니다."

"쉽지 않은 일이었을 텐데, 아주 잘 참아주셨소."

"과찬이십니다."

라이너스는 에네스에게 금화 한 닢을 주며 말했다.

"이것으로 계집이라도 사시오. 오늘 밤엔 잠이 잘 오지 않을 터이니."

"…아닙니다. 저는 괜찮습니다."

"받으시오. 내가 말하는 것은 어지간하면 듣는 것이 좋소."

"예, 전하."

에네스는 터덜터덜 걸어 궁을 나갔고, 라이너스는 흡족한 표정으로 그를 바라보았다.

*　　　*　　　*

다음 날, 에네스가 차비전을 찾았다.

"킁킁!"

"……."

들창코의 아이린은 자꾸 먼지가 비강부에 쌓여 이따금 코를 킁킁거리지 않으면 숨을 쉴 수가 없었다.

그렇다고 언청이인 입으로 숨을 쉬었다간 하루 종일 입을 열고 다닌 바람에 악취를 참아낼 수가 없을 정도로 지독한 입 냄새가 풍겼다.

에네스는 자신의 앞에 앉은 여자가 진정 사람인지 아닌지 자못 궁금해졌다.

'오크의 사촌이라고 해도 믿겠군.'

하지만 그는 아주 예의 바르게 그녀의 앞에 한쪽 무릎을 꿇었다.

"당신의 아름다운 자태에 넋을 놓고 말았습니다. 감탄을 금할 길이 없군요."

"…입에 칼을 물었군요."

"예?"

"세 치 혀는 꽃이요, 그 꽃에서 피어나는 향기는 칼이라고 했습니다. 당신은 나에게 향기를 풍기고 있군요."

순간, 에네스는 등골이 오싹했다.

'열다섯 소녀가 아니었던가?'

그저 덜떨어진 여자라고 생각하고 있던 에네스는 자신이 크나큰 착각에 빠져 있었다는 것을 알 수 있었다.

아이린은 그가 생각한 것만큼 어리석고 순진한 여자가 아니었다.

잠시 후, 차비가 두 사람을 향해 걸어왔다.

또각또각.

그녀가 에네스에게 물었다.

"살고자 이 자리에 온 겁니까, 아니면 죽고 싶어서 이 자리에 온 겁니까?"

"…후자입니다."

"그렇다면 내가 시키는 대로 하세요. 그러면 살 수 있어요."

"잘 알겠습니다."

아이린이 다짜고짜 에네스의 뺨을 후려쳤다.

짜악!

"……."

"이런 불경한 자를 보았나? 어느 안전이라고 내 손을 덥석 잡는 것이냐?"

"무슨 일이더냐?"

"이자가 다짜고짜 제 손을 잡지 뭡니까?"

"손을 잡았다?"

"예, 어머니."

"후후, 손을 잡을 수도 있지. 이자는 내 발을 씻겨준 사내다. 너와는 이제 정략으로 묶였다는 소리지."

"…그렇다면 신랑감으로는 적합하지 않겠군요."

차비가 아이린의 뺨을 후려쳤다.

짜악!

"마, 마마……."

그녀는 재빨리 차비가 보지 못하는 각도로 손을 뻗어 에네스를 만류했다.

차비가 흡족한 눈으로 에네스를 바라보았다.

"그래, 네놈이 물건은 물건이로구나. 내 발을 다 핥더니 이제는 추악한 내 딸을 범하려 했단 말이지?"

"……."

"야망이 아주 없는 놈은 아니군. 좋아, 내 친히 너를 들어쓸 것이다. 내일 당장 폐하께 이 사실을 주청드리고 혼례를 올리도록 하라."

"예, 마마!"

잠시 후, 그녀가 별궁을 나섰다.

"……."

"처세가 쉽지 않아요. 견딜 수 있어요?"

"물론입니다."

"킁킁, 좋아요. 한번 해봅시다."

그는 아이린과의 인생이 순탄치만은 않겠으나 자신이 아주 썩은 동아줄을 잡은 것은 아니라고 생각했다.

제2장
영혼석

마을에 첫 번째 배럭의 축조가 시작되었다.

이제 이곳에서 기사단을 육성하고 장수를 등용하는 등의 업무가 이뤄질 것이다.

드디어 아펠트 군도의 병사들에게도 체계적인 지휘 체계가 확립됐다는 소리다.

하진은 임시 배럭에 군의 수뇌부를 모두 모았다.

"레이드를 수행할 공격대를 구성하겠다."

"옳으신 말씀입니다."

아펠트 군도의 주 수입원은 몬스터에게서 얻은 가죽과 힘줄, 뼛조각 등이다.

어업으로 올릴 수 있는 수확에는 분명 한계가 있으며, 농업으로 거두어들인 농작물은 자급자족하기에는 모자랐다.

그렇다면 아펠트 군영에게 남은 진로는 단 하나였다.

하진은 진영을 세 개로 나누기로 했다.

"한 팀은 배를 타고 남부 해협을 정비하고 또 다른 한 팀은 내가 이끄는 중앙군이 지나간 자리를 정리하고 그곳에 전초 기지를 세우도록 한다."

"그렇다면 각 공격대의 대장은 누가 맡습니까?"

"첫 번째 공격대의 대장은 내가 맡는다. 그리고 두 번째 공격대는 테르니온 제독, 마지막 세 번째 공격대는 엠블라가 맡는다. 이의 있나?"

"없습니다!"

"병력의 배분은 각 공격대장들과 상의해서 발표하겠다. 그럼 이만 해산하도록."

"예, 대장님."

병사들이 물러간 후 레이나가 하진에게 물었다.

"저도 레이드에 참가해도 될까요?"

"전투를 치러본 적 있습니까?"

"몇 번이요."

"좋습니다. 그럼 함께 나갑시다."

하진은 그녀에게 지급할 장비를 만들기 위해 대장간으로 향했다.

탕탕탕!

작업이 한창인 대장간을 찾은 하진은 낙오병사가 입던 갑옷과 장비들을 대장장이에게 건넸다.

"이것을 여성 사이즈로 줄여줄 수 있겠습니까?"

"철을 제단하기만 하면 되는 것이지요?"

"네, 그렇습니다."

"그래요. 그런 일은 크게 어렵지 않지요."

상아탑에서 받은 장비는 상당히 고가이기 때문에 낙오병사가 입고 있었다고 해도 일부러 챙겨서 가지고 왔다.

하진은 장비를 건네면서 잠시 묵념했다.

"…부디 좋은 곳으로 갔기를."

레이나는 전사한 병사가 입던 장비를 받았음에도 별달리 기분이 이상하지는 않은 모양이다.

"헌 장비라고 해도 성능은 최상급입니다. 상아탑의 마법사들이 직접 만든 것이니까요."

"알고 있어요. 그냥 보기에도 장비의 질이 뛰어난 것 같군요."

"그걸 어떻게 알았죠?"

"저는 신성력을 사용합니다. 마력이 깃들어 있는 물건은 금방 알아볼 수 있지요."

"그렇군요."

하진이 그녀에게 지급한 장비는 가죽과 경갑으로 만들어져 체구가 다소 작은 여성이 입어도 큰 문제가 없을 것이다.

대장장이는 적당한 크기로 경갑과 가죽을 재단하여 그녀에게 내밀었다.

"한번 입어보슈."

"고맙습니다."

그녀는 장비를 착용해 보곤 감탄을 금치 못했다.

"…장비의 질이 정말 남다르군요!"

"우리 군대는 숫자가 적은 대신 장비와 병사 개개인의 역량을 높이는 데 집중하고 있습니다."

"과연……."

그녀가 장비를 착용하고 난 후 하진의 인터페이스에 그녀의 정보가 추가되었다.

[제3장수 : 레이나 라크펠리스]

장수 정보

레벨 : Lv.15 1차 전직.

능력치 ─ 힘 : 15, 체력 : 50, 민첩 : 2, 마력 : 55

성급 및 등급 ─ 치료 및 회복마법 4성, 장수 등급 SS.

하진은 그녀의 정보를 확인하곤 두 눈을 비비적거렸다.

"SS등급?!"

"왜요?"

"당신, 제국에선 어떤 위치에 있었죠?"

"성녀였다니까요?"

"성녀는 어떤 계급입니까?"

"사제들과 계급이 비슷하지요."

"당신은 그중에서도 상위 클래스였고?"

"그렇다고 볼 수 있죠."

"으음……."

"그게 문제가 될까요?"

"아니요, 그런 것은 아니고……."

그녀는 하진에게 자신이 가진 신념에 대해 피력했다.

"나는 당신의 공명정대함이 사라지지 않는 한 절대로 배신하지 않습니다. 고위직에 있었다고 해서 긴장하거나 의심하는 일은 없었으면 좋겠군요."

"절대 그럴 일은 없을 테니 걱정하지 말아요."

자세한 것은 알 수 없지만 하진의 정보창에 그녀가 등록되었다는 것은 일단 한 배를 탄 운명이 되었다는 소리다.

앞으로 그녀는 하진의 든든한 버팀목이 되어줄지도 모른다.

*   *   *

제3차 레이드를 떠나는 날, 마을 전체에 긴장감이 감돌았다.

하진은 아펠트 군도에 정착하면서 사람들이 새로 만들어낸 풍습대로 제사를 지냈다.

화르르르륵!

병사들의 숫자대로 붉은색 이름을 나무에 새겨 불운을 몰아내는 것이 바로 그것이다.

촌장을 비롯한 마을 사람들은 자신의 고향에서 지내온 풍습을 조금씩 버무려 만든 재단이 상당히 마음에 드는 모양이다.

"부디 이번 원정도 무사히 끝낼 수 있도록 도와주십시오!"

"옳소! 옳소!"

문명과 문명이 섞이면 새로운 풍습과 문화가 탄생하게 마련이다.

"이제 이것이 아펠트의 전통 문화가 되겠군."

"오래도록 그렇게 지속되기를 바라야지요."

이윽고 제사가 끝났다.

"대장님, 신병들이 전투 준비를 마쳤습니다."

"신병들을 벌써 출격시킬 생각인가?"

"일단은 보급병과로 투입시키면서 천천히 전투에 적응시켜야지요."

"으음, 그래. 그러는 편이 좋겠군."

해방 노예 중 50명이 군에 지원했고, 나머지는 공사 현장과 농사에 전념하기로 했다.

하진은 150명의 병사들을 바라보며 외쳤다.

"출정이다! 나팔을 불어라!"

뿌우!

50명씩 부대를 나눈 공격대가 각자의 지역으로 이동하기 시작했다.

하진이 이끄는 제1공격대는 아펠트 군도 세 번째 지역인 가칭 '에바'로 향했다.

게임 시나리오에는 기술되어 있지 않았지만 중부 지역 설화에는 네 명의 딸을 가진 아버지 얘기가 전해져 내려오는데, 그중 가장 아름답고 수려한 외모를 가진 딸이 바로 셋째 딸 에바였다.

에바는 언니들의 시샘으로 인하여 죽음을 맞이하게 되지만 다시 여신으로 환생하여 나쁜 사람들을 벌하게 된다.

주민들은 세 번째 사냥터가 에바처럼 인간에게 이로움을 주는 섬으로 탈바꿈하기를 기대하며 이런 이름을 짓게 되었다.

원래 아펠트 군도에는 각 섬마다 이름이 있었지만 워낙 부정적인 일이 많이 일어나서 섬을 하나씩 점령할 때마다 이름을 짓기로 한 것이다.

하진은 임시 옹벽을 쌓고 슬슬 땅거미가 지는 에바의 전경을 살펴보았다.

휘이이이잉!

다소 뜨거운 바람이 부는 이곳의 분위기는 군도가 아니라 적도 부근에 있는 열대 섬에 있는 것 같은 착각이 들게 만들었다.

"덥군."

"에바는 예로부터 지열이 강해서 농사를 짓기에 적합하지 않고 겨울에는 주로 공중목욕탕으로 사용했답니다."

"으음, 그렇다면 이곳 근처에는 온천이 있겠군."

"아마도 그럴 것으로 예상됩니다. 하지만 미치광이 마법사가 워낙 폭넓게 오염시켜 놓는 바람에 뭐가 자생하고 있을지 아무도 모르지요."

"하긴."

이제 땅거미가 짙은 어둠으로 변하면서 주변에 하나둘 반딧불이 떠오르기 시작했다.

스스스스스!

하진은 넋두리처럼 반딧불을 바라보며 읊조렸다.

"도대체 이 반딧불은 무엇을 의미하는 걸까?"

"그러게 말입니다."

두 사람의 넋두리에 답하는 이가 있다.

"영혼의 기화입니다."

"영혼의 기화? 그게 뭡니까?"

"몬스터의 시신이 썩으면 지하에서 독특한 광물로 변하게 됩니다. 그리고 그 액체가 뿜어내는 연기가 밤이면 밤마다 공중으로 떠오르게 되어 있지요."

"진짜 영혼의 기화가 아니라 그런 것을 비유한 것이군요?"

"그렇다고 볼 수 있지요. 아무튼 밤마다 이런 반딧불이 떠오르는 것은 이곳이 원래 엄청난 격전지였다는 것을 일컫습니다."

"으음, 한마디로 반딧불을 피해서 진군한다면 몬스터들의 이동 경로를 피할 수도 있겠군요."

"이론적으론 그렇습니다만, 100% 정확한 것은 아니에요."

레이나는 자신이 교단에서 배운 모든 것을 총동원하여 몬스터들의 성향에 대해 파악해 내고 있었다.

"원래 이곳으로 트롤들이 들이닥쳤다고 했지요?"

"네, 그렇습니다."

"그 숫자가 얼마나 되었지요?"

"셀 수가 없지요."

"나오는 족족 다 죽여 버렸겠군요?"

"물론입니다."

"으음, 별로 좋지 않은 선택을 했군요."

"그게 무슨 말입니까?"

"트롤은 이 섬에서 그다지 큰 비중이 있는 몬스터가 아니었을 겁니다. 차라리 그들을 죽이지 말고 돌려보내서 계속해서 트롤들만 상대했다면 조금 더 살기 좋았을지도 모르죠."

하진과 그의 부관들은 고개를 갸웃거렸다.

"어째서 그렇지요? 그놈들보다 더 무지막지한 놈들이 있다고요?"

"당연합니다. 우리 교단이 이곳에 대해 조사한 연구 책자에 의하면 이곳의 몬스터들은 계속해서 진화하고 있습니다. 아마 이곳에서 맞닥뜨린 대부분의 몬스터는 도감에서 본 것과 다소 차이가 있었을 겁니다. 그렇지 않아요?"

"맞습니다. 그런 것 같군요."

"그렇다면 그것이 무엇을 의미하느냐. 몬스터의 진화는 여전히 진행 중이라는 뜻입니다."

"아아, 그런 이유가……."

"아무튼 이제는 뭐가 나올지 아무도 몰라요. 긴장하는 편이 좋을 겁니다."

그녀의 설명이 한창 이어지는 가운데, 전방의 병사가 기겁하며 소리를 질렀다.

"어, 어어어?!"

"무슨 일인가?"

"사, 사자입니다! 날개 달린 사자란 말입니다!"

"뭐, 뭐라?!"

아직 이곳의 던전이 어디에 있는지 찾아내지도 못한 가운데 벌써 몬스터가 출몰한다는 것은 그리 달가운 소식이 아니었다.

하진은 소리가 들린 곳으로 재빨리 달려갔다.

크르르르릉! 컹컹!

"만티코어!"

만티코어는 원래 레벨 30지역의 보스 몬스터인데, 지금처럼 떼를 지어서 돌아다니는 일이 거의 없었다.

사자의 몸통에 전갈의 꼬리, 박쥐의 날개, 인간의 얼굴을 가진 만티코어는 인간고기라면 사족을 못 쓰는 인육 애호가였다.

황소의 15배에 달하는 무지막지한 덩치에 이가 3열로 늘어서 있어 마치 상어의 입을 늘여서 붙여놓은 것 같은 형상이다.

더군다나 만티코어는 입과 꼬리로 독을 쏘아대기 때문에 공략하기에 아주 까다로운 몬스터로 분류되기도 했다.

"빌어먹을! 무슨 만티코어가 이렇게 떼를 지어서 이동한담?!"

"놀라운 것은 그뿐만이 아닙니다! 저기 배를 좀 봐요!"

만티코어의 배에는 55마리의 뱀이 달려 있었는데, 뱀의 머리가 타원형이다.

"코, 코브라?!"

"아마도 이 만티코어 역시 미치광이 마법사가 만들어낸 키메라가 틀림없습니다. 이놈들이 무리를 지어 생활하는 것도 그때 무언가 특별한 유전자가 섞였기 때문이겠지요."

"난감하군."

면전에 독을 쏘아대는 만티코어를 상대하는 일은 생각처럼 그리 쉬운 것이 아니었다.

독 한 방에 사람의 목숨이 오가는 판국에 전방을 제대로 살필 수 있을 리가 없었다.

일단 그는 옹성 안으로 병사들을 모두 피신시켰다.

"모두 옹성 안으로 퇴각한다!"

"예, 대장님!"

병사들이 옹성 안으로 달려가자 만티코어가 땅을 박차고 올랐다.

펄럭펄럭!

"하, 하늘을 난다!"

"제기랄! 놈들이 공중 공격까지 한다면 아예 답이 없을 텐데!"

"일단 옹성 뒤에 파놓은 진지로 들어가 화살로 견제하는 수밖에 없어요."

"하지만 그렇게 했다가 만티코어가 우리 마을을 습격하면 어쩝니까? 그곳에는 수비 병력이 그리 많지 않아요."

"…난감하군요."

레이나는 하진에게 한 가지 길을 제시했다.

"좋습니다. 그럼 단시간이긴 하지만 독에 면역이 생기도록 해줄게요. 그렇게 하면 전투가 조금 더 수월할까요?"

"면역이요?"

그녀는 자신의 등에 매달려 있는 창을 꺼내 들었다.

챙!

"신의 창은 자신의 영역 안에 있는 모든 사람에게 신의 축복을 내려줍니다. 그중에는 상태 이상을 치료하는 큐어와 상처를 치료하는 힐링마법도 포함됩니다."

"지속 시간은 얼마나 되지요?"

"저의 신성력과 비례하니 대략 10분쯤?"

"좋아요. 그 정도면 한번 해볼 만합니다."

하진은 직접 방패를 들고 병사들을 지휘했다.

"디펜더! 전원 나를 따른다!"

"예, 대장님!"

챙!

방패를 손에 든 디펜더 부대가 전방으로 나서자, 하진이 스스로 첫 번째 만티코어의 공격을 맨몸으로 막아냈다.

퍼억!

"크윽!"

"대, 대장님!"

"난 괜찮다!"

하진이 만티코어의 공격을 한 차례 막아내자 놈의 몸에 스턴이 작용하면서 거대한 몸뚱어리가 살짝 옆으로 기울어졌다.

크아아앙!

"지금이다! 집중 공격!"

핑핑핑핑, 퍼엉!

탕탕탕!

계량된 대력궁과 마력포가 불을 뿜어대자 첫 번째 만티코어가 사망했다.

끄웨에에에엑!

"허억, 허억!"

하지만 하진은 금세 자신의 시야가 흐려져 오는 것을 느꼈다.

"대장님, 괜찮으십니까?!"

"…난 괜찮다."

레이나는 신성력이 걸린 신의 창을 땅바닥에 꽂아 신의 영역을 발동시켰다.

우우우우우웅!

백색 빛이 창에서부터 뿜어져 나와 하진을 비롯한 모든 병사들의 상처와 독을 치료하기 시작했다.

하진은 자신의 몸이 딱딱하게 굳어져 오는 것을 느끼다가 이내 발걸음이 가벼워짐을 알 수 있었다.

"으음? 좋군!"

"이 정도면 전투를 벌이는 데 지장이 없겠죠?"

"물론입니다!"

이제 그는 자신감이 넘치는 발걸음으로 병사들을 진두지휘 했다.

"자, 가자! 돌격!"

"와아아아아!"

디펜더가 돌격하면 장창병이 서포트를 하고, 그 뒤는 궁수와 포수들이 받쳐주었다.

핑핑핑, 콰앙!

"명중입니다!"

"벌써 네 마리째 잡았습니다!"

"좋아, 이대로라면 놈들의 기세가 한풀 꺾이겠어!"

제아무리 강력한 맹독을 가진 만티코어라고 해도 큐어가 시전되는 마법진을 어떻게 해볼 수는 없을 것이다.

덕분에 하진은 보이는 족족 만티코어를 사살하여 제3지역을 수복하는 데 성공했다.

*   *   *

만티코어는 30레벨 지역의 보스 몬스터인 만큼 엄청난 경험치를 자랑했다.

현재 디펜더 부대의 레벨은 평균 35, 이제 곧 2차 전직을 눈앞에 두고 있다.

하진 역시 이번 전투로 인하여 40레벨을 달성할 수 있었다.

"레벨업이 빨라서 좋군."

경험치 설정이 여타 다른 몬스터에 비해 남다른 만티코어는 최고 60레벨까지 사냥이 가능한 보스였다.

이렇게 어마어마한 경험치뿐만이 아니라 만티코어는 각종 재료와 물약까지 무더기로 드롭하였다.

병사들은 전장을 수습하면서 자신에게 맞는 아이템을 파밍하고 남은 재료와 룬 등은 모두 소달구지에 실었다.

지금 수거한 아이템들은 추후에 각 병종에 맞게끔 재분배하여 서로 상생하는 결과를 가지고 올 것이다.

하진은 대략 한 시간가량 병사들을 모아놓고 각자 병종에 맞는 룬 설정에 대해 설명했다.

룬은 마력을 가진 돌이기도 하지만 병사 개개인의 능력을 높이고 시너지를 주는 아이템이기도 하다.

이것을 무기에 장착시키거나 스스로 몸에 문신처럼 각인시켜 효과를 볼 수 있었다.

다만 이것을 다시 해체시키고 다른 룬으로 바꾸는 데 수반되는 고통이 가히 죽음에 가깝기 때문에 한 번 새길 때 아주 신중해야 했다.

"방어 계열 보병들은 대지 속성의 룬을 장착하고 접두사를 '무적'이나 '권능'으로 시작해야 한다. 그래야 추후에 전직했을 때 시너지를 보장받을 수 있다."

"으음, 그렇군요."

"만약 접두사가 바람의, 불꽃의 등으로 시작한다면 추후에 어빌리티를 알맞게 분배할 수 없게 된다. 이해하나?"

"예, 대장님."

하진은 지금까지 수많은 장수들과 캐릭터를 육성해 본 사람으로서 각 패치 때마다 전략을 수립해서 카페에 공지했을 정도로 뛰어난 설계 능력을 가지고 있었다.

룬은 각 스킬이 갖는 어빌리티를 정할 수 있는 중요한 수단이기도 하지만 각자 캐릭터가 걸어갈 길을 결정하는 아주 중요한 수단이다.

하진은 병사들이 가진 어빌리티를 극대화시키고 각 개인마다 갖추고 있는 역량을 최대한 끌어올리려는 것이다.

방어 병종은 대지 계열, 근접 공격 병종은 불 계열, 원거리 공격 병종은 바람 계열, 회복 병종은 물 계열, 대포 병종은 금속 계열을 선택하는 것이 좋다.

여기서 각자가 가지고 있는 어빌리티 대로 순서를 배열하면 하나의 문장이 완성되는데, 방어 계열은 무적이나 권능으로 시작하는 것이 앞으로 문장을 추가하는 데 유리하다.

룬으로 문장을 모두 완성하면 어빌리티 레벨이 올라가는데, 이것을 AP라고 부른다.

AP가 한 단계 성장하면 지금 장착한 상위 룬이 필요하게 되며, 다시 그것을 전부 모으면 어빌리티 레벨이 다시 상승하게 된다.

하진은 자신이 갈 길이 명확하기 때문에 '무적'이라는 접두 사로 문장을 완성해 나가기로 했다.

그는 '무적의 대지'라는 룬을 첫 번째로 각인시켰다.

치이이익!

"으윽……."

게임에선 그냥 가볍게 우클릭으로 장착하면 끝나던 룬이 실제론 불로 지지는 듯한 고통이 수반되었다.

굳건한 문양의 룬이 각인되고 난 후, 하진은 다음 문장을 완성해 나가기로 했다.

"다음 룬은 흡수와 흡혈에 관련된 것을 선택해야겠군. 보 자……."

하진은 산더미처럼 쌓인 룬 중에서 '선혈'이라는 의미의 룬 을 선택하여 각인시켰다.

치이이이익!

그러자 무적의 선혈이라는 문장이 완성되었다.

아직까지 문장이 완성되지 않아 조금 어색한 감이 있었지 만 무적의 선혈이라는 문장은 방어력을 상승시키고 흡혈 기 능을 높여준다.

이제 하진은 초급 문장을 완성시키기 위해 마지막 룬을 선 택했다.

"흡혈 다음은 관통인가?"

끝으로 관통에 관련된 룬을 각인시키는 하진이다.

치이이이익!

스플래시 대미지와 적을 관통시켜 공격하도록 만들어주는 '선'을 각인시키자 완벽한 문장이 완성되었다.

'철혈대제의 강력한 의지는 100만 적병을 공포로 물들인다.'

하진은 잘 완성된 자신의 팔을 바라보며 흐뭇하게 웃었다.

"좋아, 이 정도면 꽤 괜찮은 룬어가 완성되었군."

룬어는 그 단어 하나만으로도 강력한 힘을 갖고 있지만 문장이 완성되면 고유의 능력들이 합쳐져 서로 시너지 효과를 발휘한다.

하진은 병사들이 새긴 문신들을 감상하며 각자 갖게 된 능력들을 살펴보았다.

그중에서도 가장 인상적인 것은 바로 레이나였다.

'헌신은 천하 만인의 미덕이다.'

"회복과 축복의 룬어군요."

"저는 모두를 치료해 주어야 할 사람이니까요."

"그나저나 성녀가 룬어를 새겨도 괜찮습니까? 신성력이 약해지는 것 아니에요?"

"후후, 별걱정을 다 하시네요. 룬어는 오히려 신성력을 높여주는 역할을 합니다. 다만 신성제국에선 룬어 자체를 금기시하기 때문에 사용하지 않는 것뿐이죠."

"아아, 그렇군요."

이제 서서히 병사들의 깊은 곳까지 파고들어 온전히 군도의 주민이 되어가는 레이나였다.

*　　　　*　　　　*

다음 날, 룬어로 무장한 아펠트 군도의 제1공격대는 네 번째 점령 지역인 '아그나'에 발을 디뎠다.

휘이이이잉!

"분위기가 을씨년스럽군."

"지도에 나와 있기로는 근처에 철광이 있다고 하더군요."

"철광이라…… 우리에겐 절대적으로 필요한 곳이군."

"하지만 철광 안에 미치광이 마법사가 실험실을 만들어두는 바람에 제 기능을 하기엔 무리가 있지 않나 싶습니다."

"…끝까지 도움이 안 되는 놈이군."

"아무튼 이곳으로 오는 동안에 만티코어의 가죽을 많이 얻어 임시 옹벽을 보수하는 데 큰 도움이 되었습니다."

"목숨을 건 보람이 있군."

아그나의 풍경은 황량하기 그지없었지만 주변에 산화철광 산으로 보이는 민둥산이 많아서 마치 서부영화에 나오는 황야를 보는 느낌이다.

다만 이곳에는 사람이 산 흔적이 전혀 없어서 등골이 오싹한 기분이 들었다.

"이곳에 옹성을 치고 주변을 수색하기로 하자."

"예, 대장님."

이번 원정의 끝은 이곳 아그나이기 때문에 임시 웅성을 쌓고 전투를 치른 후에는 후발부대가 포진을 구축하고 망루를 건설하러 올 것이다.

지금 에바에선 성을 구축하고 포진을 견고히 만드는 작업이 한창이다.

아마 이곳을 점령하고 포진과 진지를 구축할 때쯤엔 후발부대가 들어서 전장을 수습하게 될 것이다. 하진은 병사들과 함께 지하로 통하는 갱도 입구를 살피며 인간의 흔적이 있는지 찾아보았다.

"대장님, 이곳에는 사람이 들어온 흔적이 전혀 없습니다."

"…이상하군. 레인저들이 이렇게 위험한 지역을 가만히 내버려 두었을 리가 없는데 말이야."

"어쩌면 이곳이 너무 위험한 지역이라 아무도 발을 들이지 않은 것 아닐까요?"

"그럴 리는 없어. 뭔가 이유가 있을 텐데……."

바로 그때였다.

스스스스스!

어디선가 모래를 헤치고 나오는 발소리가 수도 없이 들려오는 것 같았다.

하진은 그 소리가 들림과 동시에 사방으로 엄청난 숫자의 반딧불이 피어오르는 것을 볼 수 있었다.

"…지하에서 뭔가 옵니다!"

"전군, 임시 옹벽으로 집결한다!"

"예, 대장님!"

병사들이 임시 옹벽 뒤로 피신하는 동안 폐철광에선 도저히 눈으로 보고도 믿을 수 없는 일이 벌어졌다.

지이이이이이잉!

"저, 저게 뭐야?"

"거대한 눈동자라?"

순간, 하진의 표정이 딱딱하게 굳었다.

"이런 빌어먹을! 모두 옹벽 뒤로 숨어 농성한다! 전방으로 고개를 내밀지 마라!"

"왜 그런……?"

대부분의 병사들은 하진의 말에 따라 옹벽 뒤로 숨었지만, 쓸데없는 용기를 시험하는 사람이 하나쯤은 꼭 있다.

"이런 건방진 눈깔사탕 같으니! 내가 네놈의 홍채를 도려내 주마!"

"아, 안 돼!"

지이이이이잉!

지면을 살짝 떠서 둥둥 떠다니는 거대한 눈동자에 여러 개의 촉수를 가진 이 괴물의 이름은 '비홀더'이다.

거대한 눈동자에선 석화마법이 펼쳐지고 여러 개의 촉수는 돌처럼 굳어버린 인간의 체액을 빨아 먹는다.

총 60개의 이빨을 가진 주둥이는 지름 5미터의 몸을 가로질러 열릴 만큼 거대했다.

만약 지금 아무런 대책 없이 비홀더를 마주하게 된다면 십중팔구 먹이가 되거나 돌덩이로 변해 버릴 것이다.

하진의 만류에도 불구하고 비홀더에게 용감하게 덤빈 병사 나츠는 곧바로 돌덩이가 되어버렸다.

뚜두두두두둑!

"끄아아아악!"

마지막 비명 소리가 끊어짐과 동시에 돌덩이로 변해 버린 그에게로 비홀더들이 줄을 지어 날아왔다.

끼기기기기긱!

츕츕츕!

한 사람의 몸에 수도 없이 많은 촉수가 달려들어 체액을 빨아 먹고 난 후엔 그를 석화시킨 비홀더가 아가리를 벌려 나츠의 몸을 통째로 씹어 먹었다.

뚜두두두득, 푸하아아아악!

병사들은 그 광경을 바라보곤 경악을 금치 못했다.

"대, 대장님! 저놈들을 도대체 어떻게 이길 수 있습니까?"

"화살과 마법으로 잡는 방법은 어떻습니까?"

"비홀더는 마법을 튕겨내는 능력이 있다. 잘못하면 이곳이 불바다로 변할 수도 있어."

"…답이 없는 놈이로군요."

끼릭, 끼릭!

500마리가 넘는 비홀더가 병사들을 포위하기 시작했고, 하
진은 꼼짝없이 섬에 갇힌 신세가 되어버렸다.

제3장
거울부대

악전고투가 계속되는 네 번째 사냥 지역.

"눈을 보면 굳는다! 포격을 실시하라!"

"발사!"

펑펑, 콰앙!

<u>끄르르르르륵!</u>

번쩍!

"대장님, 포격을 반사합니다!"

"제기랄!"

콰앙!

"크억!"

"레이나, 부상병이 발생했습니다!"

"으아아아악, 내 다리!"

"조금만 참아요!"

마력으로 만들어진 포격은 비홀더의 능력을 발휘하도록 만들었고, 결국엔 임시 옹성까지 반파되는 사태를 맞고 말았다.

"빌어먹을! 미쳐 버릴 노릇이군!"

마구잡이로 화살을 날린다고 해도 비홀더는 딱딱한 갑옷으로 둘러싸였기 때문에 정조준이 필요한데, 지금 이 상황에선 그 어떤 누구도 정조준을 할 수가 없었다.

하진은 더 이상 이곳에 남아 있을 수 없다고 판단했다.

'도망가야 한다! 이곳에 있으면 모두 다 전멸하고 만다!'

비홀더 한두 마리라면 어떻게 해보겠지만 500마리가 넘는 비홀더 떼를 어찌할 수 있는 능력은 아직 갖추지 못한 하진이다.

설상가상으로 그 어떤 비책도 쉽사리 떠오르지 않았다.

옹성을 들고 후퇴할 수도 없는 노릇이고, 그렇다고 방패만으로 비홀더의 공격을 막아내는 것은 불가능했다.

그나마 비홀더의 비행 능력이 그리 뛰어나지 않았기에 망정이지 만약 만티코어만큼만 날아다녔어도 지금쯤 이 병력은 몰살하고 말았을 것이다.

좌절로 가득한 임시 옹성 안, 그들에게 희망의 메시지가 울려 퍼졌다.

뿌우!

"뱃고동?!"

"대장님, 후방에 테르니온 제독의 함대가 보입니다!"

"함대가?!"

테르니온의 함대는 소형 투석기를 사용하여 비홀더의 머리 위로 불 항아리를 떨어뜨렸다.

핑핑핑, 쨍그랑!

화르르륵!

끄에에에엑!

"아군의 화공입니다! 아무래도 마력을 섞지 않아 효과가 있는 모양입니다!"

"역시 테르니온 제독은 뭔가 달라도 다르군."

잠시 후, 배의 망루에 올라 있던 케레니슨의 마공소총이 하진의 근처에 있는 비홀더의 눈알을 뚫고 지나갔다.

피융, 서걱!

꾸웨에엑!

"눈알이 약점인 게 확실합니다!"

"하지만 지금 전투를 벌이기엔 불가능하다!"

하진은 자신의 앞을 불길이 막고 있긴 하지만 이제 곧 비홀더들이 정신을 차릴 것임을 잘 알고 있었다.

비홀더는 눈동자를 다치지 않는 한 몸이 불에 탄다고 해도 공격을 멈추지 않을 것이기 때문이다.

"바다로 간다!"

"이대로 임시 옹성을 버리자는 말씀이십니까?"

"목숨을 버리는 것보다는 낫다. 전군 후퇴하라!"

"예, 대장님!"

병사들은 하진의 지시에 따라 임시 옹성을 떠나 불길을 헤치고 바다로 입수하기 시작했다.

풍덩, 풍덩!

함대의 지속적인 화공이 이어지고 있었지만 이제 그 효력이 다할 것이다.

하진은 병사들을 독려했다.

"살아야 한다! 모두들 바다로 뛰어들어! 어서!"

"어푸어푸!"

"저, 저는 수영을 못합니다!"

"괜찮아! 해군들이 알아서 구해줄 것이다! 그리고 수영을 못하면 부표를 잡고서라도 가라! 이곳에서 죽으면 개죽음이란 말이다!"

하진의 독려에 힘을 받은 병사들이 점점 더 빨리 움직이기 시작했고, 하진은 마지막으로 레이나를 바라보았다.

"저, 저는……."

"이곳에서 죽고 싶어요?"

"후우, 알겠어요! 나도 이젠 군인이라고요!"

그녀는 눈을 질끈 감았고, 하진은 그녀의 허리를 손으로 감고 도약했다.

파밧!

"어, 어어?!"

"눈 감아요!"

첨벙!

하진과 레이나는 안전하게 바다에 빠졌고, 하진은 그녀를 물 위로 밀어 올렸다.

"푸하!"

"내 등을 손으로 잡아요!"

"어푸어푸!"

물에 빠진 사람이 발휘하는 힘이 생각보다 세긴 했지만 지금 하진의 신체 능력을 능가할 정도는 아니었다.

하진은 특전사에서 배운 바다 수영으로 그녀를 이끌었다.

촤락, 촤락!

이제야 안정권에 들어선 그녀가 하진에게 말했다.

"당신은 정말 못하는 것이 없군요."

"음, 파! 음, 파!"

그는 대답 대신 안전하게 그녀를 이끌고 함대로 돌아갔다.

*　　　　*　　　　*

테르니온은 하진이 비홀더를 공략할 때쯤 벌목장 정비를 끝내고 본진으로 돌아가는 길이었다. 하지만 하진이 있어야 할 지역에 옹성이 파괴된 것을 보고 관측병을 보내어 상황을 파악했다.

"설마하니 비홀더가 저렇게 떼를 지어 나타날 줄이야."

"제독 덕분에 살았습니다. 아니었으면 우리는 다 죽었을 겁니다."

"이젠 한식구인데 뭘 그런 일로 감사를 하나? 그나저나 큰 일이군. 당장 철광석을 조달하지 않으면 농기구를 제작하기 힘든데 말이야."

"흐음……."

식량도 조달해 오긴 하지만 철광석이나 구리를 수입할 수 없던 하진은 이곳에서 자원을 조달하기로 했다.

하지만 가장 중요한 철광석을 비홀더에게 빼앗겼으니 이것이야말로 통탄할 일이 아닐 수 없었다.

하진은 비홀더의 석화마법을 무력화시킬 수 있는 방법에 대해 물었다.

"엠블라, 비홀더의 석화마법을 무력화시킬 수는 없습니까?"

"불가능하지는 않을 테지만 지금은 관련 서적을 뒤질 수가 없어서 찾아볼 수가 없군요."

"흐음."

"하지만 석화마법은 페럴라이즈커즈, 즉 몸을 일시적으로 굳게 만드는 저주 계열 마법입니다. 석화마법은 반사마법에 취약합니다."

"반사마법이요?"

"만약 적들의 석화 공격을 한 방에 되돌릴 수 있는 마법이 있다면 가능할 겁니다. 비홀더는 유일하게 반사마법은 반사를 시킬 수 없으니까요."

"아아, 그렇군요."

가만히 생각에 잠겨 있던 하진은 불현듯 아주 좋은 아이디어를 떠올렸다.

"가만, 그렇다면 거울로 저들을 처치할 수도 있다는 뜻 아닙니까?"

"거울이요?"

"빛을 반사하는 거울이니 당연히 마법도 반사가 가능하지 않을까요?"

"아아, 그런 방법이……!"

"하지만 대장님, 그만한 거울을 지금 당장 어디서 만든단 말입니까?"

하진은 창고에 쌓인 상자들을 가리키며 말했다.

"이번 교역에서 남은 은화들을 사용하기로 하지."

"은화요?"

"은화를 녹여서 평평하게 가공하면 거울처럼 투영도가 좋은 무기가 될 것이다."

"하지만 그로 인한 손실도 만만치 않을 텐데요?"

"철광석을 자급자족할 수 있다면 은화 몇 상자쯤이 대수이 겠나?"

"으음."

"지금은 돈이 문제가 아니다. 저놈들이 언제 이곳까지 쳐들어올지 알 수가 없어."

병사장들과 부관들은 하진의 말에 동의할 수밖에 없었다.

"좋은 아이디어입니다."

"그나저나 거울을 만든다고 해도 그것을 시험할 사람이 있 겠습니까?"

케레니슨이 망설이지도 않고 손을 들었다.

"내가 가지."

"자네는 저격수라서 뒤를 봐주어야 하지 않겠나?"

"어차피 뒤를 보나마나 거울이 통하지 않으면 죽는다. 그럴 바엔 그냥 혼자서 가는 것이 나아."

"하지만……."

하진이 번쩍 손을 들었다.

"좋아, 그렇다면 나도 함께 간다. 어차피 한 대의 거울만으론 놈들을 이길 수 없어."

"쳇, 그렇다면 나도 간다!"

곧바로 네이튼이 하진을 따라 손을 들었고, 병사들 역시 무더기로 지원했다.

"저도 가겠습니다!"

"저 역시 갑니다!"

테르니온이 이들의 자원을 한 방에 정리해 주었다.

"그렇다면 네 명만 지원해서 가도록 하지. 서로 사방을 지켜 줄 동료만 있다면 되는 것 아니겠나?"

"으음, 그렇군요."

하진은 자신과 케레니슨, 네이튼, 그리고 레이나로 파티를 구성하기로 했다.

"내가 지정한 사람들을 제외하곤 모두 함대에서 대기하고 있다가 지원 사격을 퍼부을 수 있도록. 우리가 실패하면 다리를 끊어버려야 하니까."

"예, 대장님."

이제 마을 사람들은 자신들이 목숨을 걸고 벌어놓은 은화를 모두 털어 용광로에 집어넣었다.

*   *   *

며칠 후, 은으로 만든 갑옷과 방패가 만들어졌다.

깡깡!

"너무 얇은 것 아니야?"

"은으로 만든 갑옷이 얼마나 두껍기를 바랐나?"

"하긴."

네이튼의 의미 없는 투덜거림이 끝나 후, 테르니온은 함대에 네 사람을 승선시켰다.

그는 결연한 표정의 특공대에게 물었다.

"정말 할 수 있겠나? 잘못하면 다 죽어."

"죽을 각오는 아닙니다만, 죽을 때까진 해봐야지요."

"그래, 그렇다면 할 수 없지."

쏴아아아!

물살이 거칠게 배를 때렸고, 레이나는 아주 크게 심호흡을 하며 자신을 다잡았다.

"후우, 후우."

"너무 무서우면 가지 않아도 됩니다."

"아니요! 저는 무조건 갈 겁니다!"

그녀는 이곳에 뼈를 묻겠다는 다짐을 지키기 위해 무리하여 원정대에 합류했지만, 하진은 그녀가 굳이 무리를 하지 않았으면 했다.

하지만 그 또한 신념이니 하진이 뭐라 왈가왈부할 수 있는 부분이 아니었다.

"아무튼 대열을 이탈하는 행동은 하지 마십시오."

"무, 물론이죠."

잠시 후, 배가 네 번째 사냥 지역 앞에 멈추어 섰다.

끼익!

"여기서부터는 통통배를 타고 가도록 하세."

"알겠습니다."

하진은 네 사람이 탈 수 있을 만한 통통배를 띄워 임시 옹성 주변으로 접근했다.

끼릭, 끼릭!

"놈들이 움직이고 있군."

"저놈들은 잠을 자지 않는다. 아마 피로를 느낄 수도 없겠지."

"지독한 놈들이군."

노를 저어 해안에 배를 댄 하진은 절벽을 타고 올라가 밧줄을 매달았다.

꽈드드득!

"레이나, 잡아요!"

"네. 고마워요."

그녀는 하진의 밧줄을 타고 안전하게 지상으로 올라갈 수 있었다.

끼릭, 끼릭!

하진은 네 사람을 완벽하게 지상으로 올린 후 본격적인 여정을 시작하기로 했다.

"모두들 내 뒤로 딱 붙어. 혹시라도 있을 공격은 내가 튕겨 낼 수 있어."

"그렇다면 왜 진즉 혼자서 돌격하지 않았나?"

"그게 100% 터진다는 보장이 없거든."

"아아, 그렇군."

하진의 뒤에 선 세 사람이 서로를 지켜주며 천천히 걸어가자 지근거리에 있던 비홀더가 눈을 번쩍 떴다.

끄루루루루루룩!

"온다!"

"제기랄, 긴장되는군."

비홀더가 하진을 향해 아가리를 벌리자 그는 방패로 주둥이를 쳐냈다.

퍼억!

끄헤에엑!

"이놈, 어디를 감히!"

하진이 놈의 공격을 한 차례 막아내자 놈은 화가 머리끝까지 나서 석화마법을 시전했다.

우우우우웅! 지이이이이잉!

네 사람은 눈을 질끈 감았다.

'빌어먹을! 될 대로 돼라!'

바로 그때, 하진의 앞으로 기이한 소리가 들려왔다.

뚜두두두두둑!

"끄이에에에에엑!"

"어, 어어……?!"

"서, 성공이다!"

"이런 빌어먹을 놈들! 다 덤벼라!"

케레니슨이 사방으로 소총을 쏘아대자 500마리가 넘는 비홀더가 네 사람을 덮쳐왔다.

지이이이이잉!

하지만 그와 동시에 500마리가 넘는 비홀더가 석화마법에 의해 굳어갔다. 하진은 함대에게 사격 신호를 보냈다.

피융, 펑!

신호탄이 울리자 함대는 무차별 사격을 가하기 시작했다.

펑펑펑, 콰앙!

끄아아아아아악!

"성공이다! 하하하!"

하진과 그의 파티는 엄청난 양의 경험치를 습득했다.

*   *   *

구 유피란츠 왕국의 수도 네르비아로 헤이슨 제국의 총사령관 제로니안이 군사를 이끌고 들어오고 있다.

저벅저벅!

가히 절대적이라고 할 수 있을 정도로 엄청난 위용을 자랑하는 헤이슨 제국의 보병들 옆으로 수많은 노예가 징집되어 끌려가고 있었다.

촤락, 촤락!

"으윽!"

"이런 미천한 놈들 같으니! 어서 걸어라!"

노예들의 등짝에는 피와 고름이 잔뜩 묻어 있었는데, 아무래도 습한 날씨에 상처가 모두 곪아 터졌기 때문으로 보였다.

헤이슨 제국이 이들을 끌고 가는 모습은 아케인 왕국과 신성제국, 아시스 연합국에게도 고스란히 비춰지고 있었다.

제로니안의 오랜 부관이자 제국군 부사령관인 가로트가 그를 수행하는 도중에 말을 걸었다.

"각하, 노예들의 징집을 조금 늦추는 것이 어떻겠습니까?"

"어찌하여 그렇게 생각하는가?"

"이곳에는 기타 삼국의 사신들과 전령들이 수시로 드나드는 곳입니다. 네 개 군정이 서로의 영역을 두고 갈라서 있긴 합니다만, 언제 전쟁이 터질지 모릅니다. 그런 가운데 공습의 빌미를 주는 것은 무리라고 생각합니다."

"무리라……. 하긴, 신성제국에는 노예제도가 금지되어 있지. 공식적으로는 말이야."

"일촉즉발의 상황입니다. 언제 전쟁이 터질지 아무도 모릅니다."

지금 4개국은 중앙 대륙을 놓고 벌인 각축전의 연장선으로 지금의 통합 군정을 구축하였다.

수도 네르비아에 각자의 군정을 세우고 이곳을 통하여 할당된 지역을 알아서 통치하는 형식이다.

이것은 협상 테이블을 코앞에 놓고 평화 통치를 이어나가자는 뜻이기도 했으나, 반대로 생각하면 언제라도 판을 엎어버릴 수 있도록 밑밥을 깔아둔 것이라고 볼 수도 있었다.

제로니안이 네르비아의 군정으로 들어서려는 찰나, 전령이 당도했다.

"각하, 본국에서의 전령입니다!"

"전령?"

"테미스 황자 전하께서 친히 보내신 서찰입니다!"

그는 황급히 그 서신을 챙겼다.

"…네가 이곳까지 오는 데 미행이 따라붙었더냐?"

"아닙니다. 전하께서 본국에서의 행동거지까지 조심하라고 이르셔서 최대한 신경을 썼습니다."

"그래, 알겠다."

제로니안은 서찰을 갈무리하곤 자신을 따르던 모든 행렬을 물렸다.

"내 말을 받아 마구간에 넣고 모두들 제자리로 돌아가라."

"예, 각하."

이윽고 제로니안은 자신의 집무실로 들어와 서신을 뜯어보았다.

처음부터 끝까지 아주 빽빽하게 글귀가 적힌 양피지는 첫 장부터 두 번째 장까지 알차게 채워져 있었다.

잠시 후, 제로니안의 표정이 딱딱하게 굳었다.

"…빌어먹을, 큰일이군."

제로니안은 가만히 양피지를 바라보다 이내 부관들을 전부 소집했다.

"여봐라, 각 군단의 최고 지휘관과 군 수뇌부를 소집하라!"

"예, 각하!"

총사령관의 명령으로 모여든 수뇌부가 그의 앞에 경례를 올렸다.

척!

"소집 완료. 전부 모였습니다!"

"그래, 바쁜데 수고가 많다."

"아닙니다!"

제로니안은 자신의 뒤에 있는 지도에서 칼리어스 남부의 군도를 가리키며 말했다.

"우리는 이곳에 대한 소유권을 주장하고 남부 해안에 대한 소유권까지 주장할 것이다. 그렇게 되면 남부 해안을 따라 펼쳐져 있는 광산의 채굴권이 우리에게로 떨어지게 된다."

"예, 예?! 그게 무슨……."

"말 그대로다. 우리는 남부를 점령하고 수도 네르비아를 제국의 관할 시로 만들 것이다."

순간, 군부의 표정이 딱딱하게 굳었다.

"…잘못하면 다시 전쟁이 일어날 수도 있습니다."

"알고 있다."

"세계대전을 각오하시고 이 일을 벌이시겠다는 말씀인지요?"

"물론이네."

군부는 도저히 믿을 수 없다는 표정이다.

"어째서 그런 무모한……."

"무모한 작전이다. 그래, 나도 잘 알고 있는 사실이다. 하지만 모든 것은 황가에서 내린 결정이다. 우리는 명령에 따르는 군일일 뿐이다. 군사들을 소집하라."

"각하, 다시 한 번 재고해 보시는 것이……."

제로니안은 날카롭게 벼려진 눈동자로 수뇌부를 쓸어 보았다.

"…명령이다. 군법에 의해 목이 달아나고 싶은 것인가?"

"죄송합니다! 지금 당장 시행토록 하겠습니다!"

"신속하게 움직여라. 그리고 적의 세작질에 당하지 않도록 철통 보안을 유지하라."

"명을 받듭니다!"

제로니안은 바람같이 움직이는 부하들을 바라보며 복잡한 심경에 사로잡혔다.

*　　　　*　　　　*

다음 날, 헤이슨 제국의 전령들이 삼국의 군부로 떠났다.

그중에서도 가장 먼저 전령을 받은 국가는 바로 아시스 연합국이었다.

아시스 연합국의 총사령관이자 연합군정의 수장인 쿠리스는 믿을 수 없다는 눈으로 전령을 바라보았다.

"…총사령관께서 직접 내리신 결정이란 말인가?"

"예, 그렇습니다. 귀국은 지금 당장 남부 해안에 있는 병력을 철수시키고 그곳에서 생산된 재화의 수급을 중단시켜 주십시오."

"이렇게까지 급작스럽고 일방적인 통보라. 아무래도 제로니안 총사령관의 단독 명령은 아닌 것 같군."

"……."

전령은 말없이 그의 앞에 읍하고 있을 뿐이다.

"여봐라, 술잔을 가지고 와라."

"예, 각하."

잠시 후, 아시스 연합국의 전사들이 사용하는 털 달린 술잔과 거대한 술통이 전령 앞에 차려졌다.

"마셔라. 마시고 싶은 만큼 마음껏 마셔라."

"감사합니다!"

전령은 술독에 머리를 푹 담그고 그 안에 있는 술을 벌컥벌컥 들이켰다.

"꿀꺽꿀꺽!"

쿠리스는 술을 들이켜는 전령의 목덜미로 아주 작은 바늘을 날려 보냈다.

피융!

서걱!

"쿨럭쿨럭!"

사방으로 피와 섞인 술이 넘쳐흘러 주변이 온통 비릿한 혈
향과 눅눅한 술 냄새로 가득해졌다.

쿠리스의 손에서 쏘아져 나간 것은 아시스의 장인들이 나
흘 동안 담금질하고 예리하게 벼린 침이었다.

침의 양쪽에는 조그맣고 날카로운 날이 서 있었는데, 이것
이 피부를 스치고 지나가게 되면 혈관을 일도양단할 수 있었
다.

쿠리스는 아주 작은 침을 손가락으로 튕겨 전령의 목을 베
어버린 것이다.

"…쿨럭!"

"오만방자한 놈들이군. 감히 이 중앙 대륙의 패권을 혼자서
독식하겠다는 것인가? 어림 반 푼어치도 없는 소리를 지껄이
고 있구나."

"각하, 전령을 죽인 것은 저들과의 전쟁을 받아들이는 것이
나 마찬가지입니다. 괜찮으시겠습니까?"

"전쟁이 필요하다면 얼마든지 받아줄 것이다."

쿠리스는 자리를 박차고 일어섰다.

"군을 소집하라!"

"와아아아아아!"

총사령관의 명령에 따라 현지에 주둔하고 있던 50만 대군이 전투 준비를 갖추었다.

그는 자신의 사령석 뒤에 걸려 있는 도끼를 꺼내 들었다.

챙!

"지금 당장 헤이슨의 군사령부로 간다."

"차비하겠습니다."

쿠리스의 눈동자에서 살을 에는 듯한 냉풍이 불어 닥쳤다.

*   *   *

느닷없이 선포된 남부 지역 독식에 대한 소식은 헤이슨 제국을 제외한 모든 국가에 전달되었다.

웅성웅성!

통합 군정의 협상 테이블로 모여든 삼국의 수장들 뒤로 2만이 넘는 군사들이 군집하여 인산인해를 이루고 있다.

제로니안은 의연한 표정으로 테이블 위에 발을 올려놓고 있었다.

"으음, 날씨가 아주 좋군. 이런 날에는 파도타기를 즐겨야 하는데 말이야."

"…지금 파도타기가 문제요? 제국이 미치지 않고서야 어떻게 우리 아케인 왕국을 건드릴 수 있단 말이오?"

"미치지 않았소. 다만 우리가 100년 전에 점령했던 지역을 되돌려 받겠다는 것뿐이외다."

쿠리스는 어처구니가 없다는 듯이 웃었다.

"…크하하하! 총사령관께서 정신을 놓으셨구려. 우리와 지금 전면전이라도 벌이겠다는 뜻이오?"

"그래야 한다면 응당 그렇게 할 것이오."

"재미있는 사람들이군. 어떻게 하여 그렇게 하루아침에 입장을 손바닥 뒤집듯이 뒤집을 수 있는 것이오? 내 머리론 도저히 이해가 되지 않는구려."

"후후, 당연한 소리요. 당신 같은 야만인들이 우리 헤이슨의 고귀한 혈통이 세운 계획을 이해할 수 있을 리가 없지."

"뭣이?"

순간, 쿠리스의 손가락에서 바늘이 날아가 제로니안의 볼을 스치고 지나갔다.

서걱!

그의 볼에서 피가 한 방울 떨어져 턱을 타고 흘러내렸다.

"……."

"죽고 싶으면 혼자 자결하는 편이 군에 도움이 될 것이오. 그대를 따르던 젊은이들이 불쌍하지 않은 것이오?"

"여전히 치졸한 술수를 쓰는군. 기사가 아낙들이 쓰는 바늘이나 날리는 것이 도대체 있을 수나 있는 일이오?"

"댁처럼 한 입으로 두말을 지껄이는 작자에게 들을 말은 아닌 것 같은데?"

"오호, 기세가 아주 등등하구려. 여차하면 정말로 내 목이라도 벨 기세구려?"

"그러려고 온 것임을 댁이 가장 잘 알 것 같소만?"

날이 바짝 선 두 사람에게 신성제국의 추기경 울란트가 말했다.

"그만 싸우고 정상적인 대화로 문제를 해결해 봅시다. 제로니안 총사령관, 도대체 우리에게 이러는 이유가 뭐요?"

"말했잖소. 원래 이곳은 우리의 영토였다고 말이오."

"단지 그렇게 무식한 이유로 우리에게 전쟁을 선포하겠다는 것이오?"

"무식하다니, 당연한 권리를 주장하는 것이 뭐가 잘못되었다는 것인지 모르겠군."

"……"

세 사람은 더 이상 이곳에서의 탁상공론이 무의미하다는 것을 깨달았다.

"좋소, 그렇게까지 영토에 욕심이 난다면 소유권을 주장하시오."

"내 마음을 이해해 주시는 것이오?"

"소유권을 주장하는 것은 당신네들 마음이오만, 그에 대한 책임은 스스로 져야 할 것이외다."

"얻는 것이 있으면 감수해야 할 책임도 뒤따르는 법. 싸움을 건다면 처절하게 응징해 주겠소."

쿠리스가 자리를 박차고 일어섰다.

쾅!

"…무식자를 상대로 말을 섞는 것이 어불성설이지. 총사령관, 오늘만 살고 죽고 싶은 모양인데, 그렇게 해주겠소."

"어이쿠, 무서워라."

"가자! 전쟁을 준비하라!"

그의 한마디에 2만의 병사가 환호성을 내질렀다.

"와아아아아아아!"

"적병을 불태워라!"

이제 더 이상 이곳에 있을 수 없게 된 나머지 사령관들도 같은 행동을 취했다.

"군을 소집하라."

"와아아아아아아!"

"중앙 지역을 점령한다! 칼을 뽑아라!"

"충!"

드디어 오래도록 곪고 또 곪아 있던 상처가 터지면서 세계 대전이 발발했다.

제4장
첩보전

  3차 레이드가 끝난 후, 하진은 꽤 두둑한 사냥 보상을 받을
수 있었다.

  촤라라라락!

  비홀더의 내장은 백금으로 만들어진 열 개의 환이 중간중
간 자리 잡고 있는데, 죽은 비홀더의 시신을 모두 처리하고 나
니 엄청난 양의 백금 조각이 떨어져 내렸다.

  "이야, 이게 다 얼마야?!"

  "이 정도면 향후 몇 년간 식량 걱정은 하지 않아도 되겠습
니다."

  "그러게 말이야."

하진이 파종한 곡식이 모두 자라고 농사가 안정권에 들어
설 때까지는 정말 식량 걱정을 하지 않아도 될 것 같았다.

이제 아그나 지역에 옹성을 완성시키고 이곳까지 농지로 개
간하고 나면 어지간한 생존 준비는 끝날 것이다.

비홀더를 정리하면서 하진은 자신의 레벨을 확인해 보았다.

"50이라……. 이제 중저 렙쯤 되었군. 아직 갈 길이 멀어."

이제 하진은 2차 전직을 할 수 있게 되었다.

그는 디펜더에서 한 단계 전직하여 탱커로 직업을 바꿀 수
있게 된 것이다.

[탱커로 전직하시겠습니까?]

하진은 확인 버튼을 클릭했다.

화아아아악!

화려한 빛을 내며 하진의 직업이 탱커로 변환되었고, 기존
의 능력치가 전부 초기화되고 스킬 역시 초기화되었다.

그는 새롭게 얻은 어빌리티들을 확인해 보았다.

[스킬]
도발의 포효, 방패맹격, 스피릿로프, 영혼의 방패……

도발의 포효는 주변의 적을 하진에게로 집중시키는 스킬이

고, 방패맹격은 주변 3칸 내의 적을 모두 기절시키는 스킬이다.

이것만 봐도 탱커가 파티에서 없어서는 안 될 포지션이라는 것을 알 수 있다. 그리고 그 탱커에겐 꼭 필요한 스킬이 하나 있다.

영혼의 방패.

영혼의 방패는 방패를 사용하는 데 소모되는 체력을 마나로 전환시키고 그 소모량을 1/10로 줄여주는 패시브 스킬이다.

방패로 모든 공격을 막아낼 수 있는 탱커에게 있어선 결코 없어선 안 될 스킬이라는 소리다.

하진은 신규 스킬이자 필수 스킬인 어빌리티를 하나씩 올리고 나머지 스킬을 패왕의 인장 스킬에 투자하기로 했다.

이미 기본 스킬은 전부 마스터했기 때문에 스킬 포인트가 대략 10개 정도 남아 있었다.

"흐음, 보자……."

하진은 이제 오오라 스킬을 모두 마스터해 보기로 했다.

패왕의 인장이 가지고 있는 스킬은 포인트 1이 마스터인데, 이것들은 레벨이 오르면 자동적으로 오르게 되어 있었다.

또한 등급과 성급이 오르면 스킬이 자동적으로 강화되기 때문에 시너지 효과를 얻는 것도 인상적이다.

하진은 스킬을 하나씩 올려보기로 했다.

맹공, 인내, 독려, 지략, 단련을 하나씩 마스터하자, 그의 주변으로 네 개의 오오라가 동시에 피어올랐다.

스스스스스!

그는 오오라가 피어난 후 동료창을 열어 그들의 스텟을 확인해 보았다.

평균적으로 대략 50개의 스텟이 올라갔고, 마력 회복과 체력 흡수 등의 스킬은 자동적으로 추가되거나 10레벨 올라가 있다.

"이거, 대단한데?"

네 가지의 오오라를 모두 마스터하자, 새로운 어빌리티가 세 개 탄생했다.

[스킬]

강화 신체 단련, 철벽, 철벽 마스터리.

하진은 강화 신체 단련을 클릭했고, 그의 HP가 무려 세 배나 껑충 뛰어올랐다. 그리고 방어력과 물리저항력, 마법저항력이 각각 250%까지 상승하였다.

방어력과 물리저항력, 마법저항력은 250%가 한계인데, 이것은 스킬로 올릴 수 있는 최고치라고 할 수 있었다.

이제 아이템을 계속 강화하여 그의 방어력과 저항력을 올리게 되면 그 어떤 공격에도 끄떡없을 것이다.

이제 하진은 그동안 기다리고 있던 하이라이트인 철벽을 습득했다.

[신규 어빌리티 획득]

철벽을 획득한 하진은 네이튼에게 창격을 한번 휘둘러 달라고 부탁했다.

"나를 한번 공격해 주겠나?"

"…지금?"

"그래, 지금."

"뭐, 어려울 것 없지."

네이튼은 창을 가볍게 휘둘러 하진을 공격했다.

부웅!

그러자 하진의 주변으로 한차례 라이트닝스톰이 장벽의 형태로 몰아쳤다.

촤자자자자자장, 콰앙!

"허, 허억!"

"이, 이런 빌어먹을! 죽을 뻔했네!"

하진은 네이튼의 상태를 확인해 보았다.

"괘, 괜찮나?"

"하마터면 죽을 뻔했다. 이거 도대체 무슨 마법이야?"

"그, 그러게 말이야."

하진은 철벽의 대미지 지표를 확인해 보았다.

[철벽]
라이트닝 대미지 - 2,500.

철벽의 대미지를 확인한 하진은 작게 환호하였다.

"이 정도의 대미지라니, 거의 대형 캐논과 맞먹을 것 같은데?"

이제 하진은 철벽 마스터리를 클릭하여 그 효과를 기대해 보기로 했다.

딸깍!

잠시 후, 하진은 철벽의 대미지가 무려 열 배나 상승한 것을 볼 수 있었다.

"허, 허억!"

[철벽]
라이트닝 대미지 - 25,000.
[철벽 마스터리]
다음 레벨 55, 대미지X10, 범위 증가량 +5칸.

하진은 그제야 패왕의 인장을 둘러싼 싸움이 왜 그렇게 끊이지 않는지 알 수 있을 것 같았다.

이 정도 스펙을 가진 캐릭터가 전장에 등장한다면 적어도 세 배 이상의 병력과 싸워도 승리할 수 있을 것이다.

'그래, 패왕의 인장이 왜 중요한 것인지 이제야 알겠군. 허참, 25K라니. 만약 만렙을 찍으면 도대체 대미지가 얼마나 뛰는 거야?'

무한의 영주에서 획득할 수 있는 레벨의 한계는 150Lv, 만약 이대로 계속 레벨업을 이어나간다면 도대체 대미지를 측정이나 할 수 있을지 의문이다.

하진은 자신이 목숨을 걸고 얻어낸 패왕의 인장이 이렇게까지 엄청난 힘을 가지고 있을 줄은 상상도 하지 못했다.

'좋아, 앞으로는 그 어떤 적과 조우한다고 해도 두려울 것이 없다!'

어쩌면 의문의 노파가 한 '왕이 될 상'이라는 말은 패왕의 인장을 습득하고 난 뒤의 삶을 말하는 것인지도 몰랐다.

*   *   *

늦은 밤, 하진은 촌장과 측근들을 데리고 철야 회의를 진행하고 있었다.

"지금 마을에서 가장 부족한 것이 뭐라고요?"

"수로입니다. 다른 지역의 지하수에는 몬스터의 시신으로 보이는 부산물이 많아 농수나 식수로 사용이 부적합한 것으로 보입니다. 그렇다면 결국 용수를 주도에서 끌어다 쓸 수밖에 없는데, 지금의 상황으로는 수로 개척만이 유일한 길이라고 생각됩니다."

하진은 자신이 가진 지식을 총동원했다.

"방법이 아주 없는 것은 아닙니다."

"방법이 있겠습니까?"

"이곳은 조류가 상당히 빠르고 바람이 많이 부는 것이 특징입니다. 이런 곳에는 물레방아와 풍차가 제격이지요."

"물레방아와 풍차요?"

그는 자신이 아는 한도 내에서 가장 간단한 방법으로 풍차와 물레방아를 설명해 나갔다.

슥슥.

하진은 물레방아의 바퀴를 그리고 그것이 돌아가면서 용수를 끌어올릴 수 있도록 설계하였다.

이것은 현대식 교육을 받은 사람이라면 누구나 쉽게 생각해 낼 수 있을 정도의 방법이다.

하진은 이것을 조금 개조하여 물을 퍼 올리고 풍차를 돌려 펌프질을 하여 물을 흘려보낼 수 있도록 설계하였다.

"지금 보시는 것이 바로 물레방아입니다. 나무와 끈만 있으면 누구라도 만들 수 있지요."

"으음, 크기가 문제이긴 하지만 거중기를 이용하면 충분히 올릴 수 있겠군요."

"그렇습니다. 이것에 들어가는 톱니바퀴를 응용하게 되면 동력으로 나아가는 마차와 배도 만들 수 있지요. 하지만 지금 우리에게 당장 필요한 것은 용수이니 그것을 퍼 올리고 공급할 수 있도록 합시다."

촌장은 자신이 오래도록 해온 목수 일을 이 작전에 대입해 보았다.

"지금 주신 이 도면을 가진다면 대략 일주일이면 물레방아와 풍차를 만들 수 있겠군요."

"풍차는 곡식을 빻고 석재를 다지는 데에도 유용하게 쓰입니다. 곡식을 거두고 나면 그것을 밀가루로 전환하여 저장하면 훨씬 효율적일 테니 이것은 농사에 필수라고도 할 수 있지요."

"확실히 그렇군요."

지금까지는 곡식을 모두 절구로 빻아서 저장하던 이곳의 상황을 생각한다면 하진의 톱니바퀴 도입은 가히 혁명이라고 할 만했다.

그는 촌장과 목수들에게 도면을 보수하고 모형을 제작하여 임시로 시연해 볼 수 있도록 지시했다.

"크게 만들기 위해선 작은 연습이 필요합니다. 나뭇조각으로 작은 물레방아와 풍차를 만들고 그것을 이용하여 문제점을 조금씩 고쳐 나갑시다."

"알겠습니다. 그럼 그렇게 진행하도록 하지요."

목수와 대장장이들의 눈이 반짝거리는 듯하다.

다음 날, 촌장과 목수들은 나뭇조각으로 만든 물레방아와 풍차를 완성시켰다.

끼릭, 끼릭.

"막상 만들어보니 그리 복잡하지는 않을 것 같더군요. 다만, 이것을 조립하는 데 시간이 조금 걸릴 것 같다는 것이 저희들의 의견입니다."

"그건 걱정할 필요 없습니다. 몬스터의 뼈와 힘줄, 가죽을 이용하면 금방 조립할 수 있을 겁니다."

"아아, 그렇군요!"

"몬스터의 뼈는 못이 되고 힘줄은 밧줄이 되며 가죽은 연결 부위를 지탱하는 지지대가 될 겁니다. 아마 일주일 내로 완성시킬 수도 있겠군요."

"그 모든 것이 해결된다면 그야말로 식은 죽 먹기로 완성이 가능하겠군요. 그렇다면 지금부터 당장 벌목과 재단을 시작하겠습니다."

"그래주십시오."

하진은 목수들이 풍차와 물레방아의 부품을 만들어내는 동안 수로를 개척하기로 했다.

그는 현대에서 사용되던 동 파이프를 응용하여 배관을 설치하기로 했다.

대장장이들을 불러 모은 하진은 자신이 구상한 각종 파이프와 연결 고리 등을 도면으로 제작하여 보여주었다.

"상수도로 사용할 배관은 크기별로 제작하고 농업용수로 사용할 파이프는 일정한 규격을 정하여 제작하는 것이 좋겠습니다. 이음새는 마법으로 용접하여 붙일 수 있으니 구멍이 두 개, 세 개, 네 개인 것을 각각 제작하시고요."

"으음, 이렇게 제작하면 확실히 배수에 유리하겠군요."

"이것들로 상수도를 만들고 나면 석재를 가공하여 하수도를 제작할 겁니다. 오수를 처리하지 못하면 악취가 진동할 테니까요. 거기에 들어가는 부품은 전부 철로 대체합니다."

"그런데 이것들을 땅에 묻게 되면 모양이 변형되지 않을까요?"

"동 파이프가 지나가는 곳의 위쪽을 철로 막아놓고 동 파이프 겉면도 역시 철로 감싸면 변형되지 않을 겁니다. 그것을 지지하는 철판도 만들고요."

"으음, 생각보다 복잡하겠는데요?"

"조금 조악한 화포를 만든다고 생각하면 쉽지 않겠습니까?"

"아하! 그건 그렇군요."

"며칠 내로 작업을 끝낼 수 있겠습니까?"

"동 파이프라는 물건을 만드는 데엔 그리 오랜 시간이 걸리지 않을 겁니다. 철도 아니고 비교적 조형이 쉬운 동으로 만드는 것이니까요. 한 이틀?"

"좋습니다. 철판과 동 파이프를 모두 제작하면 기별을 주십시오. 배관 공사를 진행하겠습니다."

"예, 대장님."

이제 슬슬 마을에 변혁의 바람이 불기 시작했다.

*   *   *

일주일 후, 마을 곳곳에 물레방아와 풍차가 세워지기 시작했다.

끼릭, 끼릭.

하진은 병사들과 함께 거중기를 이용하여 물레방아를 올리고 있었다.

"당겨!"

"으으윽!"

뚜두두두둑!

몬스터의 힘줄로 만든 거중기는 거대한 물레방아의 바퀴를 다소 가볍게 들어 원하는 위치까지 올리게 해주었다.

하진과 병사들이 바퀴를 높이 들어 올리자, 목수들은 그것을 받아 물레방아의 가장 윗부분에 달린 받침대에 고정시켰다.

뚝딱, 뚝딱!

거대한 전투용 해머를 이용하여 몬스터의 뼈로 만든 못을 치자 그 부분이 아주 단단하게 고정되었다.

목수들이 고정을 마치자마자 뒤에서 대기하고 있던 인력이

몬스터의 힘줄을 이용하여 이음새를 연결시키고 그곳을 탄탄
하게 묶었다.

짜드드득!

촌장은 이곳저곳을 돌아다니면서 물레방아의 안전을 확인
했다.

"으음, 좋아! 이 정도면 태풍이 불어도 문제가 없겠습니다!"

"좋습니다. 그럼 이 근방에 벽을 세워 바람을 막고 파이프
라인을 연결시켜 봅시다."

"예, 대장님."

병사들은 하진을 따라서 삽과 곡괭이를 들고 우물에서부터
물레방아로 이어지는 물길을 만들기 시작했다.

퍽퍽! 뚝딱뚝딱!

깊이 1미터에 이르는 물길을 만든 하진은 그 안에 단단한
철판을 깔고 이음새로 사용될 작은 철붙이를 놓았다.

그러곤 마법사들에게 용접을 부탁했다.

"마법사들, 모두 용접을 해주세요!"

"네, 알겠습니다!"

화력을 집중시켜 철을 녹이는 마법을 시전한 마법사들은
아주 손쉽게 용접을 끝내 배관이 연결될 자리를 만들어주었
다.

이제 하진은 병사들을 데리고 다니면서 곳곳에 파이프라인
을 연결시켰다.

"망치로 이음새를 연결시키고 받침대에 있는 홈에 파이프를 잘 놓는 것이 관건이다. 이음새를 연결할 때엔 망치로 살살 쳐서 연결시키고 그 위에 덧댈 철은 동이 구겨지지 않도록 잘 맞춰서 넣는다."

"예, 대장님!"

깡깡깡!

하진은 연결 부위를 망치로 살살 쳐서 맞물리게 만든 후, 마법사들이 직접 용접하여 이음새가 붙도록 했다.

치지지지지직!

그런 이후 철로 된 배관을 한 번 더 덧대어 연결한 후 그 위를 다시 용접하는 방식을 채택했다.

하진은 총 세 팀으로 나눈 병력을 데리고 다니면서 공사를 진행했다.

"새참 들고 하세요!"

"고맙습니다."

병사들이 한창 일하고 있을 무렵, 마을의 아낙들이 새참을 가지고 찾아왔다.

그녀들은 아직 시집을 가지 않은 처녀들로, 몇몇 병사들과는 이미 눈이 맞아 연애를 즐기고 있기도 했다.

곳곳에선 이제 슬슬 눈을 맞추려 추파를 던지거나 땀을 닦을 수건을 건네는 등의 행동을 보였다.

'그래, 생산 활동도 중요하지.'

하진은 새참을 가지고 온 아낙들에게 한 가지 부탁을 했다.

"아가씨들, 우리 병사들이 워낙 힘들게 일하는데 부탁 한 가지만 합시다."

"말씀하시지요."

"병사들의 등을 물로 닦아주세요."

"드, 등을요?"

하진은 병사들에게 외쳤다.

"전원 기상!"

척!

"일동, 상의 탈의!"

훌렁!

"어, 어머나!"

탄탄한 병사들의 상체가 드러나자 마을 처녀들의 가슴이 거칠게 뛰기 시작했다.

두근두근!

하진은 회심의 미소를 지었다.

"자, 일동 엎드려뻗쳐!"

"엎드려뻗쳐!"

고단한 사냥과 전투로 인해 지친 몸에 노동까지 더해지니 몸은 천근만근이었지만 체력과 몸매는 나날이 좋아지는 병사들이다.

하진은 네이튼의 등에 찬물을 확 끼얹었다.

좌락!

"으허어억!"

"어때? 시원하지?"

"으음, 나쁘지 않군."

"자, 다들 보셨죠? 이렇게 하면 됩니다. 자자, 다들 등목을 시켜주세요."

좌락, 좌락!

곳곳에서 병사들의 등에 물을 뿌리며 즐거운 콧소리를 내는 여자들이 보인다.

"앗, 차거!"

"어머, 등 근육이 조각 같아요!"

"하하, 뭘 이 정도로!"

네이튼은 엎드려뻗쳐를 하면서 하진을 가자미눈으로 노려보았다.

"…이봐, 좀 비키는 것이 어때?"

"어째서?"

"남자와 남자가 등목이라는 이것을 하니까 좀 이상해서 그렇지."

"아아, 미안."

하진이 비켜서자 뒤에서 기다리고 있던 작은 소녀가 물을 뿌렸다.

좌락!

"으허!"

"아저씨, 시원해요?"

"…그래, 시원하구나."

이제 여덟 살이 된 꼬마도 마을 처녀이긴 하니 네이튼은 할 말이 없었다.

다만 꼬마 아가씨에게 흑심을 품을 정도로 정신머리가 어떻게 된 사람이 아니라는 것은 다행이자 한 가지 문제였다.

"미안, 아가씨들이 그렇게 많지는 않아."

"……."

하진은 장난기 어린 미소로 네이튼을 바라보았다. 하지만 꼬마 아가씨의 등목도 그리 나쁘지만은 않은 모양이다.

"군인 아저씨, 제가 사탕 줄까요? 고생이 많은 사람은 단것을 먹어야 한대요."

"아아, 고맙군."

딸 같은 꼬마 아가씨의 정성이 네이튼의 입장에선 기분이 좋으면서도 결혼에 대한 욕구를 건드리게 될 것이다.

'그래, 그러면서 장가갈 생각을 좀 하라고.'

여러모로 남들의 생산 활동 걱정에 바쁜 하진이다.

* * *

다음 날, 드디어 물레방아 수로가 완성되었다.

끼릭, 끼릭.

우물에서 용천되는 물을 비스듬하게 흐르게 만들어 물레방아까지 도달하면 물레방아는 알아서 물을 퍼 올리게 되는 형식이다.

여기서 부족한 힘은 피스톤의 원리로 만든 물레방아 펌프를 이용하면 간단하게 해결된다.

솨아아아아아!

조수간만의 차로 만들어지는 물레방아의 힘이 피스톤을 움직이면 우물에 설치된 펌프가 물을 밀어 올리게 된다. 그리고 댐 인근에 설치된 또 하나의 물레방아가 바닷물을 타고 돌아가게 되면 맞물려 연결된 톱니바퀴들을 움직여 수로와 수로를 연결하는 물레방아를 움직여 물을 퍼 올리게 되는 것이다.

이렇게 상황에 맞게 몇 개의 물레방아를 연결해 놓으니 마을 전체에 물이 골고루 전달되었다.

아이들은 물가로 나와 뛰어놀며 오랜만에 물놀이를 즐겼다.

촤락, 촤락!

"와아아, 물이다!"

"물에 들어가더라도 감기에 걸릴 수 있으니 조심해!"

"네!"

공동 육아를 담당한 아낙들의 잔소리에도 아이들은 함박웃음을 지으며 뛰어다녔다.

하진은 아이들의 웃음소리에 기분이 좋아졌다.

"그래, 이런 행복을 위해서 목숨을 걸고 싸운 것이지."

"맞습니다. 저 녀석들이 우리의 미래니까요."

병사들은 뿌듯한 눈으로 아이들이 물놀이하는 모습을 바라보았다.

하진은 이제 한차례 큰 공사를 끝냈으니 본격적으로 하루쯤은 놀아도 된다고 생각했다.

"제군들!"

"예, 대장님!"

"오늘 목표는 사람이 먹을 수 있는 사냥감이다! 오늘은 먹고 마시고 놀면서 피로를 풀자!"

"와아아아아!"

"전원, 사냥 시작!"

각자의 무기를 가지고 옹성 안을 돌아다니며 사냥감을 물색하는 병사들의 표정이 상당히 밝다.

파바바밧!

"어어, 멧돼지다!"

"좋아, 내가 잡지!"

케레니슨은 마법소총으로 돼지의 뒷다리를 노렸다.

피용!

꾸웨에에에엑!

하진은 멧돼지에로 달려가 재빨리 놈을 자루에 담았다.

바스락, 바스락!

"멧돼지는 때려잡아야 육질이 좋다! 모두 달려들어!"

"와아아아아!"

퍽퍽퍽퍽!

요즘 마을에는 멧돼지들이 농작물을 파먹어 안 그래도 한창 기승을 부리던 중이다.

하진은 그에 대한 복수 겸 개체 수 조절을 위해 놈을 마구 때려잡았다.

돼지를 잡아 통째로 나무에 매단 하진은 배를 가르고 그 위에 육지에서 사온 각종 향신료를 듬뿍 얹었다.

지글지글~

"냄새 좋고!"

"한 마리론 모자라겠지요?"

"물론이지. 보이는 족족 다 잡아와. 오늘은 마음껏 마시고 논다."

"예, 대장님!"

병사들은 신바람이 나서 온 마을을 헤집고 다녔다.

*　　　　*　　　　*

그날 저녁, 마을에는 돼지고기와 사슴고기 굽는 냄새가 진동했다.

치이이익!

"으음, 좋군! 이래서 다들 향신료를 사 먹는 모양이야."

"향신료의 가격이 만만치 않았을 것 같은데, 어디서 구하셨습니까?"

"내가 사비를 좀 털었지."

"과연."

하진은 저번 레이드에서 자신이 취득한 금화를 모두 청산하여 향신료를 사두었는데, 이런 마을 축제에 사용하면 좋을 것 같았기 때문이다.

그 밖의 야채와 부재료는 군도에도 많아서 굳이 구매하지 않았지만, 이곳에서 구하지 못한 것들은 하진이 전부 사비로 사들였다.

덕분에 마을 사람들은 태어나 처음으로 제대로 된 돼지고기 맛을 즐겼다.

"쩝쩝, 누린내가 안 나니 아주 살 것 같군! 소금으로 간을 하니 맛도 아주 좋고!"

"대장님을 따라나서길 아주 잘했습니다. 제 입이 아주 호강하는군요."

"호강은요, 앞으론 더 즐겁고 좋은 일들이 가득할 겁니다."

촌장은 마을 사람들의 잔칫상에 올리겠다며 얼마 전에 담근 페퍼민트 술을 가지고 왔다.

쿠웅!

"어이쿠, 무겁구나!"

"이런 것은 또 언제 준비하셨습니까?"

"모두들 고생이 많은데 나라고 놀 수가 있나. 밤에 조금씩 담가봤습니다."

"촌장님은 안 그래도 바쁘시지 않습니까?"

그는 고개를 가로저었다.

"예전에는 그렇게 일을 해도 버는 것의 60~70%를 세금으로 떼어가니 일할 맛이 안 났지만, 지금은 버는 족족 우리의 것이 되니 일을 해도 힘이 안 듭니다."

"앞으로는 더 많은 재화를 벌어들이도록 노력하겠습니다."

"아니요, 욕심은 부리지 말아주십시오. 우리가 행복하게 살 수 있으면 된 것 아닙니까?"

"하하, 그건 그렇지요."

"자자, 아무튼 한잔합시다. 술은 아주 많아요."

촌장은 병사들에게 술을 나누어주었다.

"다들 각자 테이블로 술을 돌리게!"

"예, 촌장님!"

오랜만에 술잔을 손에 쥔 하진과 병사들은 얼굴에 웃음꽃이 만발했다.

하진은 자리에서 벌떡 일어나 건배를 제의했다.

"주목해 주십시오!"

"주목!"

"우리는 행복을 찾아 이곳까지 왔습니다! 죽을 뻔한 때도 많았지만, 우리는 고난과 역경을 헤쳐왔습니다! 앞으로도 우리는 스스로 행복을 쟁취할 것이고, 번영에 성공할 겁니다!"

"옳습니다!"

"사랑과 행복을 위하여!"

"건배!"

팅!

마을에 행복한 기운을 불어넣을 하진의 건배가 울려 퍼졌고, 오랜만에 화기애애한 분위기의 술자리가 이어졌다.

제5장
교육열

아펠트 군도에 푸르른 녹음이 우거지고 있다.

쏴아아아아!

황량하던 땅에는 새싹이 자라났고, 농지 주변에 있던 나무들이 수분을 마음껏 머금고 푸른색 이파리를 뻗어냈다.

하진은 이 좋은 녹음 아래에 학교를 짓기로 했다.

뚝딱, 뚝딱!

학교에는 학생들이 편하게 공부할 수 있는 책상과 걸상이 놓일 것이고, 반석으로 만든 칠판도 설치될 예정이다.

교실 바깥은 운동장과 수영장이 위치하여 학생들이 마음껏 뛰놀고 운동할 수 있도록 만들 것이다.

학교에는 무상으로 지급되는 급식 시설과 해마다 한 번씩 의복을 지급하는 교복제작소가 위치한다.

이것은 혹시라도 있을지 모를 빈부의 격차나 편모, 편부 가정을 차별하는 행위를 미연에 방지하기 위해 설치한 것이다.

하진은 자신의 모든 지식을 동원하여 학교를 짓고 있었지만 한 가지 문제가 있었다.

"학생은 있는데 가르칠 지식인이 없군."

학생들을 지도할 선생들을 아직 지정하지 않아서 학교를 짓는다고 해도 교편을 잡을 사람이 없다는 것이 문제였다.

하진은 마을 사람들 중에서 학자들이 있는지 알아보았다.

웅성웅성!

마을 회관에 모인 사람들에게 사전 조사를 지시한 하진은 몇 명의 추천을 받았다.

"남부에서 온 레이온 학사, 서부의 나르트 전 준남작, 북부의 아케리히트 박사?"

"예, 여기 있습니다."

"모두들 자신들의 전공 분야에 대해 설명해 주시겠습니까?"

남부로 내려가는 노예선에 타고 있던 레이온은 자신의 삶에 대해서 설명했다.

"지금은 이렇게 비루한 사람이 되었습니다만, 저는 나름대로 꽤 많이 배운 석학이었습니다. 글과 시를 배웠고 수와 셈을 즐겨 했지요. 그림과 음악에도 조예가 깊습니다."

"으음, 그렇군요."

"만약 아이들을 가르칠 수 있다면 밤낮으로 다시 공부해서 좋은 선생이 되고 싶습니다."

"좋습니다."

하진은 나르트 준남작이라는 사람을 바라보았다.

"서부에서 오셨다고요?"

"몰락한 가문이긴 하지만 준남작의 작위를 가지고 있었습니다."

"그렇다면 아이들에게 무엇을 가르칠 생각이십니까?"

"그 어떤 곳에도 편향되지 않은 역사와 검술을 가르칠 겁니다."

"역사라……. 아주 중요한 과목이긴 하지요."

"만약 대장님께서 역사서들을 구해다 주신다면 더 좋겠지요."

"알겠습니다. 그건 걱정하지 마십시오."

이번에는 북부에서 왔다는 박사 아케리히트를 바라보는 하진이다.

"박사라고 하셨습니까?"

"저는 마법과 자연의 결합을 배우던 학자입니다. 가능하다면 학생들에게 생활에 도움이 되는 마법을 가르치고 싶습니다."

"좋습니다. 그럼 추후 제가 알려드리는 과학도 함께 공부하

서서 발전시키기 바랍니다."

"물론이지요."

하진은 이 세 사람을 교사로 지정하고 나머지 보충 인원에 대해 물었다.

"그 밖에 간호와 급식, 학교의 관리, 총무, 가사 교육 등을 가르칠 사람들이 필요합니다."

"적당한 사람들을 수소문해 보겠습니다."

"그렇게 해주시지요."

그는 마을 사람들에게 교사의 임용에 대한 의견을 물었다.

"이 세 사람이 교사로 임용되는 데 반대하는 사람이 있습니까?"

"……."

"좋습니다. 그럼 이 세 사람을 교사로 임용하고 나머지 보충 인원에 대한 선발은 추후에 발표하겠습니다."

"그렇게 하시지요."

아펠트 군도에 처음으로 학교가 세워졌다.

＊　　　＊　　　＊

이른 아침, 마을에 상주하고 있던 아이들 50명이 등교 준비를 하고 있다.

끼이이익!

학교의 철문이 열리면서 미리 대기하고 있던 아이들이 일제히 학교 안으로 들어섰다.

"선생님, 안녕하세요!"

"그래, 어서 오너라."

교장을 역임할 사람이 정해지지 않아 하진은 아침에 한 번, 오후에 한 번 학교를 찾아 일주일에 세 번 교장 역할을 해주기로 했다.

물론 앞으로 교장의 역할을 해줄 사람이 생긴다면 이런 이중생활은 하지 않아도 될 것이다.

하진은 학생들의 인사를 일일이 받으며 화답해 주었다.

"마네, 교복이 왜 그렇게 구겨졌니?"

"새로 지급 받고 어제 밭일을 도와주었거든요."

"이런, 작업복이 집에 없어?"

"교복이 편해요. 나중에 다시 보급 받으면 될 것 같아서요."

"그래, 알겠구나."

어린아이들도 부모들의 고충을 잘 알기 때문에 어느 누구하나 하교 후에 쉬는 아이가 없었다.

물론 생활 전반을 풍요롭게 하기 위한 공부이긴 하지만 기초생활 수급만을 위한 공부가 되어선 안 된다는 것이 하진의 생각이다.

초대형 태엽시계가 아침 8시를 가리킬 때쯤, 교문으로 한 대의 소달구지가 들어섰다.

움머!"

"대장님, 말씀하신 서적을 구해왔습니다."

"고생 많았습니다."

하진은 학생들에게 도움이 되는 각 과목의 서적들을 사들인 후 교사들로 하여금 짜깁기를 하도록 지시했다.

이제 이것들을 토대로 하여 제대로 된 교과서가 탄생할 것이다.

마부 제이슨은 무식한 자신이 고생을 할지언정 그 아들딸들은 제대로 된 교육을 받아야 한다고 생각하는 사람이었다.

무려 한 달 보름이 넘는 대장정에도 그가 불평불만 한번 없이 일을 할 수 있던 것도 다 그 때문이다.

제이슨이 하진에게 깊이 고개를 숙였다.

"아이들을 잘 부탁드립니다."

"별말씀을요. 그나저나 쉽지 않은 길이었을 텐데 너무 고생 많았습니다."

"아닙니다."

그는 하진에게 넌지시 대륙의 근황에 대해 귀띔했다.

"그나저나 대장님, 지금 중앙 대륙에서 전쟁이 날 것 같답니다."

"전쟁이요?"

"헤이슨 제국에서 중앙 대륙의 소유권을 주장하는 바람에 파란이 예고된답니다."

"그런 일이……? 놈들이 기어이 일을 만드는군요."

"아무래도 앞으론 중앙 대륙 근처로는 항해하지 않는 것이 좋겠습니다."

"잘 알겠습니다. 유의하겠습니다."

제이슨에게서 책을 건네받은 하진은 그것을 교사들에게 전해주었다.

"제가 생각하기에 필요할 것 같은 책들을 공수했습니다. 아이들이 이해하기 쉽도록 편집해서 교과서를 만들어주십시오."

"잘 알겠습니다."

오늘 하루 교장 노릇을 한 하진은 이제 다시 항해를 시작하기 위한 준비에 들어갔다.

*   *   *

3차 레이드에서 수집한 몬스터 가죽의 양은 저번보다 절반가량 적었지만 비홀더의 홍채나 망막 같은 희귀한 재료들이 많아서 꽤 짭짤한 수입이 예상되었다.

여기에 비홀더 사냥에서 나온 백금을 처분하면 어업에 사용될 소형 어선과 식용으로 쓰일 닭, 오리, 칠면조 등을 대량으로 구매할 수 있을 것으로 보였다.

펄럭!

배에 돛을 달고 출항 준비를 서두르던 하진에게 촌장이 다가왔다.

"말씀해 주신 필요 품목들입니다."

하진은 마을 사람들에게 개인적으로 필요한 물품들을 적어서 제출하라고 했는데 아주 다양한 생필품들이 적혀 있다.

그중에는 우유나 치즈 같은 것들이 많이 적혀 있었는데, 사실상 유제품은 구하기는 쉬워도 운반하는 것이 거의 불가능한 물품들이다.

하진은 품목에서 유제품은 빼기로 했다.

"우유는 빼도록 하겠습니다. 가지고 오다가 분명 상해서 다 버리게 될 겁니다."

"하지만 엄마 없는 아기들이 아직 좀 있어서……."

"그렇다면 우유를 짤 수 있는 젖소를 사들이면 되겠군요."

"아아, 그런 방법이……?"

"오는 길에 낙농 기술자를 섭외하거나 관련 서적을 사가지고 오겠습니다. 시행착오를 좀 겪으면 아이들이 먹어도 괜찮은 우유를 생산할 수 있겠지요."

"알겠습니다. 보육교사들에게 그리 이르겠습니다."

하진은 구매 목록을 속주머니에 잘 갈무리했다.

"자, 그럼 우리는 이만 출항하겠습니다. 부디 마을을 잘 이끌어주십시오."

"물론이죠. 우리에겐 촌장님과 병사들이 있으니 걱정하지 마세요."

"네, 그럼 저는 이만."

그는 선단에 출항할 것을 지시했다.

"닻을 올려라!"

뿌우!

뱃고동 소리가 섬에 울려 퍼지면서 두 척의 배가 항해를 시작했다.

      *   *   *

일주일 후, 하진은 육지에 닿을 수 있었다.

교역조합을 찾아다니면서 필요한 물품을 공수하던 하진은 곡식과 말의 가격이 세 배나 뛰었다는 것을 알 수 있었다.

아무래도 중앙 대륙에서의 접전이 예상되는 바, 곡물과 말의 값이 천정부지로 뛰는 모양이었다.

"미리 곡식을 사두길 잘했군."

"이럴 때엔 닭이나 오리, 젖소와 같은 가축은 값이 뛰지 않을 테니 불행 중 다행이라고 할 수 있지요."

군도에 필요한 물품들을 구매한 하진은 가축시장에 들러 젖소와 양계 등을 구매하여 상선에 실었다.

이번에는 꽤 많은 양의 닭과 젖소를 구입했으니 조만간 계란과 우유를 얻어 풍족하게 먹을 수 있을 것이다.

하진은 이곳에 배를 정박시키고 하루 쉬었다 가기로 했다.

빰빠바바바밤!

거리의 악사들이 가득한 번화가를 지나 술집으로 들어선 하진은 병사들이 편히 쉴 수 있는 방을 4인 기준으로 한 개씩 잡았다.

이제 각 제대의 대장들이 병사들을 인솔하며 휴식을 취하고 간단한 음주를 즐길 것이다.

하진 역시 테르니온과 함께 여관의 술집에 앉았다.

그는 자신 앞에서 춤을 추는 무희들을 바라보며 넋을 놓았다.

"이곳의 무희들은 몸매가 아주 좋군요."

"원래 건강한 미녀를 찾으려면 테세라로 가라는 말이 있지. 아마 젊은 사람들이 이곳을 찾는다면 십중팔구 주머니가 텅텅 비어서 나갈 걸세. 하지만 그만한 가치가 충분한 곳이라고 할 수 있지."

적도 인근에 인접한 무역도시 테세라는 까무잡잡한 피부색에 건장한 체격을 가진 사람들이 많았다.

마치 지구의 남미를 보는 듯한 이곳의 풍경은 없던 정열도 불타오르게 만들 정도였다.

빠밤!

무희들의 댄스 타임이 끝나는 소리가 들리며 음유시인들이 들어섰다.

디리리리링!

감미로운 기타 선율이 울려 퍼지면서 무희들이 각 테이블마다 돌아다니며 팁을 요구했다.

"이쪽으로."

"네, 가요!"

무희들은 사내들이 주는 동전을 입으로 받거나 가슴 춤을 열어서 차곡차곡 쌓았다.

길거리의 버스킹처럼 동전 한 닢씩 받는 무희들의 댄스 타임이지만 그 돈이 꽤 쏠쏠한 모양이다.

무희들이 팁을 모두 수거한 이후엔 하나둘 사내들이 그녀들을 따라 의문의 천막으로 이동했다.

하진은 천막의 용도가 궁금해졌다.

"저건 뭐 하는 겁니까?"

"궁금한가?"

"조금."

"궁금하다면 동전 몇 닢 주고 한번 들어가 보게나. 아주 이색적인 경험을 하게 될 거야."

"……?"

궁금한 것은 꼭 해결을 봐야 직성이 풀리는 하진에게 테르니온의 제안은 아주 솔깃하기 그지없었다.

하진은 은화 두 닢을 가지고 천막 안으로 들어갔다.

펄럭!

그러자 그 안에는 끈적끈적한 음악을 연주하는 여자 악사와 무희 두 명이 들어 있다.

그녀들이 하진의 윗옷을 벗기며 말했다.

"…한 명당 은화 다섯 닢, 두 명은 은화 열 닢에 은화 한 닢씩 더 주세요."

"뭐, 뭘 말입니까?"

"후후, 부끄러워서 그래요? 하긴, 이렇게 멀쩡하게 생긴 남자가 여자들을 사본 적이 있을까."

그제야 하진은 이곳이 뭐 하는 곳인지 알 것 같았다.

'집창촌이 이렇게 버젓이 술집 뒤에 설치되어 있단 말이야? 꼭 서울역 뒷골목을 보는 것 같군.'

이 세상을 살면서 단 한 번도 윤락 행위를 해보지 않았다고 자부할 수 있는 남자가 과연 몇이나 될까?

하진 역시 소령까지 진급하면서 장교들과 꽤 많은 유흥을 즐기고 다녔지만 이런 집창촌에 들어선 것은 고등학생 이후로 처음이다.

'옛날 생각이 나는군.'

그가 고등학교를 다니던 시절, 고향 대전에는 불문율처럼 전해져 내려오는 것이 있었다.

그것은 바로 대전역 뒷골목의 '여관발이'였다.

당시 만 원에서 이만 원 사이로 형성되어 있던 대전역 뒷골목 홍등가의 가격은 고등학생들도 충분히 드나들 만했다.

아직 여자에 눈을 뜨기 전인 하진은 친구들과 호기심에 대전역에 들어섰다가 아주 희한한 경험을 하고 나온 적이 있었다.

그 이후로는 뒷골목에 발도 들이지 않았지만 지금은 친구들과의 추억이 묻은 장소로 남아 있다.

윤락에는 전혀 취미가 없었지만 철없던 시절에 벌인 불장난은 돈을 주고도 못 사는 일이 되어버린 것이다.

추억에 젖어 있던 하진은 정신을 차리고 주변을 둘러보았다.

안락한 침대와 따뜻한 화로가 있는 천막은 오늘 하루 잠을 자다 가도 전혀 손색이 없을 것 같았다.

게다가 이곳에는 신비하게 생긴 구슬과 카드들이 꽤 많이 보였다.

예전에 칼리어스 수도에 있을 적에 본 점성술 카드와 구슬들도 눈에 들어오는 것을 보니 아무래도 저것들은 점을 치는 물건인 모양이다.

하진은 이곳을 그냥 나갈까 하다가 잠시 쉬었다 가기로 마음먹었다.

"좋아, 그럼 두 명 모두 사겠습니다. 시간은 얼마나 보장되지요?"

"은화 한 닢인데 당연히 원하는 만큼 놀다 가야죠. 하지만 어찌 되었건 간에 일은 한 번 치를 수 있어요. 은화 두 닢이니까 두 번 치르다 가요."

하진은 전대에 넣어둔 돈 말고 인벤토리에 저장해 둔 금화를 한 닢 꺼냈다.

팅!

"두 명 모두 오늘 나와 술 한잔합시다. 저 악사도 함께."

"어머, 화끈하시네요."

"보아하니 이곳은 굳이 윤락만 하는 곳은 아닌 것 같아서 말입니다."

"아아, 점성술에 관심 있어요?"

"원래 재미로 점을 많이 보았습니다."

미신을 맹신하는 사람은 아니지만 점괘나 타로카드, 운세 같은 것들을 재미삼아 가끔 보고 다니던 하진은 손금에도 꽤나 조예가 깊었다.

하지만 재미로 보는 손금을 잘못 봐주었다가 욕을 먹은 적이 몇 번 있어서 대학을 졸업한 이후에는 손금을 봐주지 않았다.

그녀들은 하진의 이런 태도가 썩 나쁘지 않은 모양이다.

"좋아요. 아주 고급술이 아니어도 괜찮다면 술은 우리가 사죠."

"그럽시다."

술을 사기 위해 천막에서 나온 그녀들과 함께 여관으로 들어선 하진은 테르니온에게 오늘 밤 일에 대해 설명했다.

"제독이 시킨 대로 좀 놀다 오겠습니다."

"하하, 그러시게나. 그나저나 두 명씩이나 감당할 수 있겠나?"

"그 정도는 됩니다."

"하긴. 그럼 나도 여자를 찾아서 좀 돌아다녀 볼까?"

밤에 하는 행동에 딱히 제약을 두지 않는 하진은 병사들이 가진 사유재산으로 벌이는 그 어떤 일에도 간섭하지 않았다.

물론 범죄에 관련되었거나 인륜을 저버린 일은 허락하지 않았다.

그녀들은 하진을 데리고 술집에서 파는 중저가 술을 몇 병 구매했다.

"위스키 두 병 줘요."

"술값은?"

"여기 현금으로."

"어어? 오늘은 돈벌이가 좋은가 봐?"

"이 잘생긴 오빠가 돈을 거하게 냈어요."

"그것참 다행이군."

여관주인이 위스키 창고에서 원액을 꺼내는데, 하진이 그에게 물었다.

"중앙 대륙에 전쟁이 났다던데 이곳은 무사한 겁니까?"

"접전지가 중앙 대륙일 뿐이지 그 여파는 아마도 전 세계로 퍼져 나갈 것이오. 뭐, 그때쯤이면 우리도 장사를 접고 피난을 가야 할지도 모르지."

"으음……"

"장사를 하는 사람이라면 지금 당장 먹고 마실 거리를 잔뜩 챙겨두는 것이 좋을 것이외다."

"피난 행렬에 먹을 것이 떨어질 수 있어서요?"

"으음, 아니오. 전쟁을 겪은 세대가 아니라서 그런지 몰라도 그것은 아주 단적인 것에 불과하다오. 전쟁에 찌든 병사들은 굶주림 때문이 아니더라도 보이는 모든 것을 약탈한단 말이오. 그렇기 때문에 어지간하면 지하실에 숨어서 조용히 지내는 것이 신상에 좋을 것이오."

"그렇군요."

"듣기로는 신성제국에서 무슨 전투사제 파견단을 서부 해안으로 보낸다던데, 이번에는 누굴 또 족치려고 그러는 건지 모르겠군."

"파견단이요?"

그녀들은 술집 주인을 대신하여 자신들이 먼저 하진의 질문에 답해주었다.

"신성제국의 사제들 중에서도 전투를 담당하는 사람들이 있어요. 그들이 파견된다는 것은 전쟁 아니면 추격이에요. 예전에 한 번 손님으로 전투사제를 받은 적이 있는데 그들이 그러더군요."

"사제들이 홍등가를 찾기도 합니까?"

"호호, 순진한 오빠네? 신성제국 사제들이 더하면 더하지

덜하지 않을걸요."

"흐음, 그래요?"

이윽고 위스키 세 병이 나왔다.

"여기 위스키."

"고마워요."

"또 필요한 것이 있으면 오라고."

"알겠어요."

하진은 그녀들에게 신성제국 사제들에 관한 얘기를 조금
더 듣기로 했다.

*   *   *

늦은 밤, 약간 얼굴이 붉어진 두 여자가 자신들의 경험에
비친 신성제국에 대해 얘기하고 있다.

"전투사제들은 아주 독선적이고 억압을 좋아해요. 특히나
가학적인 것을 좋아해서 돈을 주고 돌려보내는 경우가 허다
했죠."

"나는 그냥 그 사람들을 안 받아요. 소름 끼치거든요."

"흠, 그렇군요."

"아마 이번 파견단도 이곳을 지나쳐 갈 텐데, 오늘 장사가
끝나면 며칠 푹 쉴 거예요. 그들과 다시 마주치는 일은 정말
싫거든요."

"그러니까 이곳에 천막을 치고 있으면 그들이 알아서 올 것이란 말이죠?"

"짧고 굵게 끝낼 수 있는 곳은 여기밖에 없으니까요. 다른 홍등가는 비싸기도 하지만 기다리는 줄도 길고 술값도 내야 하거든요."

"그렇군요."

하진은 잘만 하면 이곳에서 전투사제들을 사로잡아 족쳐볼 수 있겠다는 생각이 들었다.

"자, 한잔합시다."

"그럴까요?"

비록 홍등가에서 일하는 여성들이긴 했지만 그녀들은 아주 진솔하고도 담백한 성격을 가지고 있었다.

홍등가에서 10년째 일한다는 루나는 하진에게 자신들과의 술자리에 대해 물었다.

"이런 여자들과 어울릴 사람은 아닌 것 같은데, 왜 우리와 술을 마시겠다며 1골드나 지불한 거죠?"

"마음이 맞으면 술을 마실 수도 있는 거죠. 그리고 이곳이 꽤 아늑해 보여서 나가기 싫었어요."

"호호, 이곳이 그런 매력이 있긴 하죠."

"다른 사람들은 어떻게 생각하는지 잘 모르겠습니다만, 당신들의 인격은 오히려 일국의 공주보다 낫군요."

"사탕발림을 잘하시는 오빠네?"

"하하, 그런 소리는 또 처음 듣는군요. 아무튼 진심입니다."

"언변이 화려하면 난봉꾼이라던데, 당신이 딱 그런 과군요."

"글쎄요?"

술이 몇 잔 더 들어가고 나자 악사가 하진에게 점을 봐주겠다며 제안해 왔다.

"오늘 돈을 벌게 해주셨으니 내가 특별히 공짜로 봐줄게요."

"점을 보는 데 돈을 안 내면 효험이 없다고 하던데?"

"후후, 그건 낭설이죠."

"뭐, 그렇다면 고맙게 받겠습니다."

그녀는 하진의 앞에 수정구를 꺼내놓고 손을 올리도록 했다.

"정신을 집중하고 수정구와 교감을 나눠봐요."

"구슬과 교감을?"

"가만히 눈을 감아요."

하진은 그녀가 시키는 대로 눈을 감고 수정구의 촉감에 온 신경을 집중시켰다.

스스스스스!

시원한 바람이 하진의 볼가로 날아들어 싱그러운 기운을 풍겼다.

그는 이 느낌이 어디선가 많이 받아본 것이라고 생각했다.

'익숙한 느낌이다.'

잠시 후, 그녀가 하진의 귓가에 아주 작게 속삭였다.

"이제 당신이 궁금해하는 것에 대해 물어보세요. 수정구가 알아서 답을 줄 겁니다."

"……"

점점 더 깊은 심연 속으로 들어간 하진은 자신의 내면을 들여다보았다.

끼이이이잉!

철과 철이 부딪치는 날카로운 소리들이 뒤엉켜 복잡하게 얽혀 있고, 그 갈등은 절대로 스스로 풀어낼 수 없을 것 같았다.

결국 하진의 가슴속 깊은 곳에 응어리처럼 남아 있던 갈등이 활화산이 되어 폭발했다.

우르르릉, 콰앙!

번쩍!

뇌우가 하진의 마음속에 내리쳐 그의 심장과 비장이 모두 녹아내리고 결국 뼈밖에 남지 않은 상황이 되자, 그는 더 이상 아무것도 아닌 사람이 되었다.

'그래, 예전의 나는 이제 없는 것이다.'

이렇게 스스로 깨달음을 얻을 때쯤, 그의 눈앞에 희미한 물체가 보였다.

위이이이잉!

'저건 뭘까?'

하진은 희미한 물체로 손을 뻗었다.

철컥!

딱딱하고도 차가운 그 물건을 만지는 하진의 온몸에 전율이 일어났다.

"허억!"

과도한 전율과 함께 눈을 뜬 하진은 어느새 땀으로 흠뻑 젖은 자신을 발견할 수 있었다.

점성술사가 미소를 지었다.

"어때요?"

"…역시 미래를 본다는 것이 쉽지는 않군요."

"미래를 본다는 것은 천륜을 거스르는 일입니다. 당연히 자신의 일부분을 내어주어야 하는 것이지요."

"그렇군요."

"아무튼 희미한 무언가를 보았다면 된 겁니다. 더 이상 자세한 것을 보려 한다면 화를 입을 겁니다."

"그래요, 그럴 법도 하군요."

축 늘어져 술을 한잔 넘기던 하진에게 무희이자 악사이며 점성술사인 미샤가 말했다.

"한숨 푹 자고 일어나면 몸과 마음이 편해질 겁니다."

"…아직 술이 많이 남았는데요?"

"술을 마실 시간은 많아요. 하지만 앞으로 당신이 편하게 쉴 날은 그리 많지 않을 겁니다."

"그래요."

하진은 무희들의 품에 안겨 스르르 잠에 빠져들었다.

*   *   *

다음 날, 하진은 몽롱한 기분으로 눈을 떴다.

"으음……."

그는 자신의 몸을 감싸고 있는 부드러운 감촉에 스르르 미소를 지었다.

아마도 이 세상 모든 것을 통틀어 이렇게 부드럽고 따뜻하며 적당히 말랑말랑하고 촉촉한 감촉이 또 있을까?

순간, 하진은 자신의 몸이 나체라는 것을 깨달았다.

"어, 어어……?"

그리고 그는 자신의 몸을 감싸고 있는 두 여자의 얼굴을 바라보았다.

"우웅……."

"허, 허어?"

하진은 그녀들을 떼어내려 몸을 일으키다가 아침을 가지고 천막으로 들어온 미샤와 마주쳤다.

"일어나셨나요?"

"…어떻게 된 겁니까?"

"보이는 그대로 그녀들과 함께 잠을 잔 거지요."

"그, 그렇군요."

"나는 밤중에 노래를 부르러 가느라 당신과 그녀들이 무슨 일을 벌였는지 알 수 없습니다만, 두 사람은 당신이 참 마음에 든 모양이더군요."

"……"

잠시 후, 두 여자가 눈을 비비며 자리에서 일어섰다.

"일어났어요?"

"…별일 없었습니까?"

"무슨 일이요? 누가 다쳤어요?"

"아니, 그런 것은 아니지만……"

그녀는 봄바람에 눈이 녹듯이 아주 부드러운 눈웃음을 지었다.

"남녀 사이에 무슨 일이 있으면 어때요?"

"……"

이윽고 다른 한 여자가 자리에서 일어섰다.

"우리 힘찬 오빠 일어났네? 오빠의 친구도 일어났고."

"으음?"

하진은 무심결에 욕망에 가득 찬 자신의 떡메를 바라보았다.

"허, 허억!"

재빨리 이불로 발딱 일어선 물건을 가린 하진은 그 자리에 딱딱하게 굳어 일어나지도 서지도 못한 채 앉아 있었다.

"…큰일이군."

"건강하다는 증거가 여기 있네요."

"곤란하면 내가 좀 해결해 줘요?"

"…됐습니다."

미샤가 하진에게 식사를 권했다.

"해장이나 해요. 어제 술을 좀 마신 것 같더라고요."

"…고맙습니다."

그녀는 테세라 전통 음식인 '타토'와 부드러운 코코넛 밀크를 하진에게 건넸다.

하진은 차갑게 식은 코코넛 밀크를 한 모금 머금어보았다.

꿀꺽!

"으음, 속이 좀 편안해지는 것 같군요."

"이곳의 전통 해장법이라고 하더군요. 저는 외지인이지만 이런 식의 해장법을 즐기곤 하죠."

"역시 주당들이라 뭐가 달라도 다르군요."

"이제 타토를 한번 먹어봐요. 속이 확 풀릴 테니까요."

하진은 맑은 국물과 동글동글한 완자로 이뤄진 타토를 한 수저 떠서 목구멍으로 넘겼다.

"후루룩!"

그러자 그의 목구멍에서부터 버섯 향과 북어의 시원함이 올라왔다.

마치 한국의 북엇국에 부드러운 버섯 완자를 곁들인 것 같은 느낌이다.

"좋군요!"

"상당히 이국적이라 꺼리는 사람이 꽤 많은데 당신 입맛에는 맞는 모양이군요."

"맞다마다요!"

"잘되었군요."

하진이 국을 먹고 있는데 미샤의 두 친구가 그에게 물었다.

"항해를 하시는 분이라면 가시는 길까지 우리를 데리고 가주실 수 있을까요?"

"전투사제들을 피해서 도망쳐야 한다고 했던가요?"

"네, 맞아요."

"으음, 하지만 우리 선단은 이곳에서 조금 더 볼일이 있습니다만."

"그럼 배에서 기거할 수 있도록 해주세요."

그녀들은 하진에게 어제 받은 금화를 되돌려 주었다.

"이 돈은 필요 없으니 우리를 데려가 주기만 해줘요."

"그렇게 전투사제들을 피하고 싶으면 여관에서 머물러도 될 것 같은데, 아닙니까?"

"…사정이 좀 있어요."

아무래도 하진은 그녀들이 보통 인물은 아니라고 직감했다.

'그래, 어제의 점성술, 그것은 분명 신성력이 담긴 마나로 시전된 마법이었다. 틀림없어.'

일단 하진은 그녀들을 데리고 선단으로 되돌아가기로 했다.

"사정이 정 그렇다면 내 동료들에게 사정을 설명하고 동행을 부탁해 보겠습니다."

"고마워요. 이 은혜는 잊지 않을게요."

"사람과 사람이 만나서 함께 사는 것이 세상인데 당연한 일이죠."

하진은 천막을 나와 그녀들을 데리고 선단으로 돌아갔다.

제6장
전투사제들

　이른 아침, 병사장들과 하진의 측근이 모두 선장실로 모여 있다.

　하진은 전투사제들이 아무래도 아펠트 군도를 목표로 파견된 것이라고 생각하고 그에 맞는 작전을 구사하자고 제안했다.

　테르니온과 네이튼 등은 그 생각이 아주 좋은 비책이라고 말하면서도 몇 가지 우려를 나타냈다.

　"과연 저 여자들을 어디까지 믿을 수 있겠나?"

　"그 성녀라는 여자는 우리에게 신뢰를 얻는 데 목숨을 걸었는데 저 여자들은 다르지 않나?"

"맞아. 어떤 과거를 가지고 있는지도 알 수 없는데 무작정 배에 태우면 일이 복잡해져."

바로 그때, 선장실의 문이 열리며 세 여자가 들어섰다.

"좋아요, 우리가 당신들을 따르는 데 믿음이 필요하다면 믿음이 생길 만한 일을 해드리도록 하지요."

"믿음이 생길 만한 일?"

"우리가 전투사제들을 사로잡아 오겠습니다."

"…진심이오?"

"이렇게 된 이상, 우리가 어떤 사람들인지 밝히지 않을 수가 없겠군요."

그녀들은 자신들의 주머니에서 보자기에 잘 싸인 목함을 하나씩 꺼내 들었다.

영롱한 빛으로 반짝이는 목함, 하진은 그것이 무엇인지 익히 잘 알고 있다.

"…저 목함, 어디서 본 것 같은데?"

"홍각에 대해서 알고 계신가요?"

"아주 잘 알고 있지요."

그녀들은 홍각이 어떻게 만들어진 것인지 설명했다.

"아주 오래전, 우리의 고향인 아르바트 사막에선 12개의 홍각이 전해져 내려왔습니다. 홍각은 각기 가지고 있는 고유의 능력이 있는데, 대부분 시간과 공간에 대한 능력이 있지요. 그래서 아르바트의 3국은 이것들을 지키고 봉인하는 데 2천 년이라는 세월을 바쳤습니다. 하지만 500년 전에 한 자객이 두 개의 홍각을 탈취했습니다. 그때부터 우리는 조금씩 더 외교의 문을 걸어 잠그고 이 홍각을 지키는 데 몰두했지요."

"흐음, 아마도 그 홍각이라는 물건을 내가 알게 된 데에는 나의 고향에서 온 누군가가 관련되어 있겠군요."

"그럴지도 모르죠. 아무튼 최근 500년 동안 대륙의 정세가 불안해지면서 아르바트 삼국은 남은 홍각들을 아무도 모르는 곳에 숨겨두었습니다. 그리고 각각 하나씩 홍각을 나누어 지키면서 국정을 운영하기로 했지요."

테르니온은 그녀들의 얘기를 익히 잘 아는 것 같았다.

"아르바트 삼국을 신성제국이 침공하면서 나라가 망해 버렸지. 우리는 그것을 이교도 탄압이라 불렀지."

"이교도 탄압이라……."

미샤는 자신의 목덜미에 있는 왕가의 문장을 보여주며 말했다.

"저는 아르바트 삼국의 수장인 아세하라 왕국의 신녀인 아세하라 미샤입니다. 이 두 여인은 각각 제네트 왕국과 헤센트 왕국에서 온 신녀들입니다."

"신녀들이라……. 그래서 그런 미묘한 마력을 가지고 있던 것이로군요."

"미천한 능력이긴 하지만 신이 내린 은총과 대지의 은총을 함께 받았습니다. 원론적으론 신성제국과 우리 아르바트 삼국의 신성력은 상성이라고 할 수 있으면서도 동질감이 있지요."

"복잡한 개념이군요."

"언젠가 우리의 능력이 필요한 날이 온다면 그 개념에 대해서 알 수 있게 될 겁니다."

이윽고 제네트 왕국의 신녀 클레네가 하진에게 말했다.

"우리는 더 이상 전투사제들의 추격을 받으며 살 자신이 없어요. 이렇게 된 바에야 당신들을 따라서 항해를 하는 편이 낫죠."

"그렇군요."

"당신들이 전투사제를 잡아들이겠다면 우리가 그에 협조하겠습니다. 대신 우리를 당신들의 목적지까지 데리고 가줘요."

하진이 동료들을 바라보니 그들도 딱히 반대하는 눈초리는 아니었다.

그는 결단을 내렸다.

"좋습니다. 그럼 서로 상부상조하면서 일을 좀 해볼까요?"

"고, 고맙습니다!"

"고마울 것 없어요. 우리도 전투사제가 꼭 필요하던 참이거든요."

"그렇다면 다행이고요."

이제 그들은 까다롭기로 유명한 전투사제를 잡아들일 궁리에 빠져들었다.

　　　　*　　　　　*　　　　　*

　늦은 밤, 신성제국의 깃발이 달린 전함 한 척이 테세라에
당도했다.

　끼익, 철컹!

　거대한 십자가 모양이 달린 창을 등에 매단 전투사제들이
줄줄이 배에서 하선했다.

　"…찌뿌듯하군."

　"어디서 때라도 좀 빼고 오자고."

　"그럽시다."

　하선과 동시에 집창촌부터 찾는 그들에게 전투사제 제2조
장이 말했다.

　"어지간히 즐기다 오라고. 괜히 물의는 일으키지 말고."

　"물론이지요. 조장도 어디서 좀 쉬다가 오십시오. 출발까진
대략 네 시간이 남았다는 것 같습니다."

　"그래야지."

　신성제국에서는 전투사제들의 사생활에 전혀 간섭하지 않
기 때문에 그들이 결혼만 하지 않는다면 무슨 일을 해도 묵과
하는 편이다.

　그중에서도 전투사제들의 문란한 성생활은 이미 전 제국이
다 알고 있을 정도로 공공연한 비밀이었다.

　그들은 이제 대놓고 사창가를 기웃거리거나 첩을 들여 자

식을 낳는 일까지 비일비재했다.

제2조장 아구스 역시 그러했다.

"날씨가 흐릿한 것이 딱 여자를 품기 좋은 날씨군."

그는 선술집 앞에 늘어서 있는 집창촌을 지나 여관 안으로 들어갔다.

뺨빠바바바밤!

선상 생활을 오래한 사람이라면 이곳 무희들이 얼마나 정열적이고 손님을 대하는 태도가 바람직한지 알고 있다.

이제 막 배를 탄 전투사제들이나 비싼 돈을 주고 굳이 술집을 전전하지 조장쯤 되는 베테랑은 달라도 뭔가 달랐다.

빠밤!

짝짝짝짝!

무희들이 팁을 거두러 다니는 모습을 유심히 지켜보던 그는 눈웃음이 아름다운 여성과 눈이 마주쳤다.

"…너로 정했다."

그는 주머니에서 금화 한 닢을 꺼내어 그녀에게 내밀었다. 그러자 그녀는 금화를 받기 위해 허리를 숙일 수밖에 없었다.

순간, 아구스가 그녀의 팔을 확 잡아챘다.

휘릭!

"어머낫!"

"가자. 급해서 기다릴 수가 없군."

사람들은 다짜고짜 여자를 끌고 가는 그를 어처구니없다고 생각하면서도 딱히 별다른 제재를 가하지는 못했다.

전투사제를 잘못 건드리는 날엔 이 주변이 모두 피바다로 물든다는 것을 아주 잘 알고 있기 때문이다.

아구스는 자신의 어깨에 매달린 여자에게 담당 천막의 위치를 물었다.

"어디로 가면 되는가?"

"열 번째 천막이요."

"그래, 가자."

열 번째 천막의 문을 연 아구스가 그녀를 침대에 거칠게 집어 던졌다.

"꺅!"

"시간이 없다. 굵고 짧게 돈값을 해야 할 것이다."

그는 다짜고짜 옷을 벗더니 자신의 벨트를 풀어 채찍처럼 휘두르기 시작했다.

좌락, 좌락!

"으윽!"

"소리를 질러도 좋다. 단, 눈물을 흘려선 안 된다. 눈물이 흐르면 사람을 죽이고 싶은 충동이 일거든."

아구스는 가학적인 성적 취향과 함께 눈물을 보면 반드시 그 사람을 죽여야 하는 비정상적인 성향을 가지고 있었다.

아마도 그녀가 죽는다면 꽤나 주변이 시끄러워질 테니 오늘은 결코 살인을 하고 싶지 않았다.

그러나 그의 채찍질을 견뎌내는 여자는 그리 많지 않았다.

짝짝짝!

"어흐윽!"

"…울지 말라고 했거늘!"

스릉!

사제복에서 단도를 꺼내 든 그는 무희의 목덜미에 칼을 들이밀었다.

팅!

하지만 어처구니없게도 그의 단도를 막아낸 검이 있었다.

"칼 치워."

"누구냐?"

철컥!

"잘못하면 네 머리에 바람구멍이 날 수도 있다."

"후후, 아주 작정하고 찾아왔군."

"…무릎을 꿇고 손을 머리 위로 올려라."

아구스는 순순히 단도를 버리고 머리를 손 위로 올렸다.

그러자 의문의 사내들이 그의 팔과 다리를 꽁꽁 묶기 시작했다.

그는 실소를 흘렸다.

"큭, 이러고도 무사할 성싶으냐? 배짱이 너무 좋은 것도 문제긴 문제야."

"배짱이 좋고 나쁘고는 내가 판단한다."

한 사내가 모두에게 말했다.

"다들 나가 있어요."

"알겠네."

잠시 후, 그가 아구스의 팔을 풀어주며 말했다.

"한 대 칠 수 있는 기회를 주겠다."

"……?"

"내가 너를 족칠 것이니까 한 대 칠 수 있는 기회를 주겠다고. 그냥 처맞기만 하면 억울하잖아?"

"…미친놈이군. 내가 한 대 치면 너는 죽는다."

"그러니까 기회라잖아? 나를 죽일 수 있으면 죽이라는 것이다."

"훗, 미친 짓은 언제나 환영이지!"

아구스는 신성력을 끌어올려 사내의 얼굴을 힘껏 후려쳤다.

빠악!

'훗, 적중했군.'

이제 사내가 쓰러질 테니 옷만 챙겨 입으면 상황은 종료될 것이다.

하지만 애석하게도 쓰러진 쪽은 아구스였다.

빠각!

"크헉?!"

"멍청한 놈, 치란다고 진짜 치다니. 쯧, 이래서 멍청한 놈들은 몸이 고생한다니까."

분명 상대방을 친 것은 아구스였는데 머리가 멍해지고 온몸에 경련까지 일어나고 있었다.

그는 이 상황을 도저히 이해할 수가 없었다.

"우웨에에엑!"

"스턴이다. 스턴마법에 걸리면 그렇게 구토를 하곤 하더군."

"……."

아구스는 끝내 정신을 잃고 말았다.

*　　　*　　　*

테세라 항구 외곽의 한 허름한 판잣집.

촤락!

"쿨럭쿨럭!"

아구스의 얼굴에 물이 한 바가지 쏟아지며 그가 눈을 떴다.

"이런 굼벵이 같은 새끼를 보았나? 지금이 어느 때인데 아직도 자빠져 자고 있어?"

"…네놈들, 어디서 온 누구냐?!"

"아직도 그런 배짱을 부리다니, 용기가 가상하군."

지금 아구스는 손과 발에 족쇄가 채워져 있다.

아마 신성력의 파동을 이용하여 도망을 치려 한다고 해도 이곳을 무사히 빠져나가지는 못할 것이다.

더군다나 이 족쇄는 오우거의 힘줄과 트롤의 가죽으로 만들어진데다 손과 발을 묶는 이음새가 비홀더의 홍채로 되어 있기 때문에 신성력을 발휘할 수도 없었다.

하진은 그의 얼굴을 한 대 후려쳤다.

퍼억!

"크헉!"

"신성의 가호가 없는 한 네놈들은 한낱 쓰레기에 불과하다."

"……."

"이제는 네놈이 지금 어떤 상황에 처해 있는지 잘 알게 되었을 것이라 믿는다."

제아무리 신체 능력이 인간의 경지를 훌쩍 뛰어넘는 전투사제라고 해도 신성력의 파동이 없이는 전투를 벌일 수 없다.

하지만 아구스의 눈동자는 여전히 반항적이고 표독스러웠다.

"다시 한 번 말하지만 제국에서 너희들을 발견하게 된다면 그냥 순순히 죽이지 않을 것이다. 내가 직접 살가죽을 바르고 살점을 발라주도록 하지."

"이런, 아직도 주둥이가 살아 있잖아? 케레니슨, 이걸 어떻게 하지?"

"어떻게 하긴, 족쳐야지."

케레니슨은 징과 가시가 박힌 너클과 각반을 착용한 후 그를 천장에 샌드백처럼 매달았다.

그는 천장에 대롱대롱 매달린 아구스를 미친 듯이 두들겨 패기 시작했다.

퍽퍽퍽퍽!

"끄아아아악!"

사방으로 살점이 날아다니고 피가 튀는 선혈의 향연이 펼쳐지는 가운데 케레니슨이 윗옷을 벗었다.

훌렁!

"이놈, 비명을 지를 힘이 남아 있는 것을 보면 한참 더 맞아야겠구나."

"허억, 허억! 이런 개자식! 내가 절대로 가만 두지 않겠다!"

"그거야 그때 가서 얘기할 일이고."

케레니슨은 그를 본격적으로 두들겨 패기 시작했다.

폭행을 한 지 세 시간 후, 케레니슨은 상처가 난 아구스의 몸에 바닷물을 뿌렸다.

촤락!

"으으윽, 으으으윽!"

"상처에는 소금물이 좋다고들 하더군."

"…죽일 것이다! 반드시 죽일 것이다!"

"으음, 그렇게는 안 되지."

케레니슨은 꿀단지를 꺼내어 그 안에 들어 있는 벌꿀을 사정없이 들이붓기 시작했다.

좌르르르륵.

"뭐 하는 짓이냐?"

"이 근방에는 벌레가 많다. 요즘은 모기나 벌이 자주 돌아다니지. 아참, 개미나 송충이 같은 것들도 꽤 많겠군."

"……"

꿀은 아구스의 하반신을 타고 그의 온몸 구석구석으로 스며들었다.

"이렇게 거꾸로 매달려서 한 이틀 푹 뜯어 먹히면 좋겠지? 그치?"

"…이런 악마 같은 자식!"

"해적은 악마의 자식들이라고 너희들이 그 잘난 주둥이로 떠들고 다니지 않았나? 나는 그 수식어에 걸맞은 행동을 하고 있을 뿐이다."

"개자식!"

"어어, 그렇게 열을 낼 처지가 아닐 텐데?"

케레니슨은 어제 잡아둔 모기와 벌떼를 아구스 앞에 가져다 놓았다.

붕붕!

"……"

"거시기와 똥구멍이 간지러우면 아주 죽을 맛일 것이다. 자, 한번 시작해 볼까?"

"자, 잠깐!"

"뭔가?"

"…원하는 것을 말해라. 사람을 이리저리 굴리지 말고."

"싫어."

"뭐, 뭐라?"

"내가 그렇게 쉽게 너를 굴릴 줄 알았나? 쯧, 착각은 자유라더니 정말이군."

케레니슨은 모기장에 가두어 두었던 벌레들을 일제히 풀어 놓았다.

부우우우우우웅!

"아얏, 아얏! 이런 개자식!"

"후후, 내일 보자고."

그는 산장의 문을 닫고 나가 버렸다.

*   *   *

이틀 후, 케레니슨은 날벌레 소리가 진동하는 판잣집의 문을 열었다.

부아아아아아앙!

이제는 거의 날벌레 천국이 되어버린 이곳에는 간신히 숨만 깔딱깔딱 붙어 있는 아구스가 있었다.

"…사, 살려줘."

"뭐라고?"

"사, 살려주세요!"

"안 들려. 뭐라고?"

"이런 씨발! 살려달라고! 아니, 내가 잘못했습니다! 지금 한 욕은 부디 제발 잊어주세요! 부탁입니다! 나를 좀 꺼내줘요! 이렇게 빌게요! 형님, 선생님, 각하, 전하, 아니, 신이시여!"

이틀 동안 날벌레들이 그를 가차 없이 좀먹다 보니 아구스의 정신이 아무래도 좀 오락가락하는 것 같았다.

하지만 케레니슨은 그렇다고 해서 그를 금방 놓아줄 위인이 아니었다.

"한 가지만 묻겠다. 너희들은 지금 어디로 가는 길이었지?"

"서, 서부! 서부로 가는 길이었습니다!"

"서부라⋯⋯. 너무 추상적이잖아? 무엇을 찾으러 가는 길이었나?"

"서, 성녀입니다! 성녀, 이 씨부랄! 그년 때문에 내가 이 지경이 되었어!"

"으음, 그렇군. 성녀를 찾아서 그 먼 길을 왔단 말이지?"

"그, 그렇습니다!"

이제야 약발이 좀 듣는지 케레니슨의 질문에 한 점의 거짓도 없이 술술 불기 시작한 아구스였다.

케레니슨은 하진에게 조사권을 넘겼다.

"한번 족쳐봐. 술술 다 나오는군."

"좋아. 어이, 아구스. 네놈들이 성녀를 찾는 이유가 뭐냐?"

"…성물, 그년이 우리의 성물을 들고 도망쳤다."

"그 성물이 얼마나 중요하기에 파견단까지 보내서 추격하는 것이냐?"

"성물은 황제를 상징한다. 그리고 동시에 사제들의 우두머리인 교황의 권위를 상징하기도 하지. 그것은 성기사단이 신성력의 파장을 일으키는 데 전폭적으로 마력을 지원해 준다."

"아아, 그러니까 성물이 없으면 성기사단도 별것 아니라는 소리군."

"아마도 지금의 1/3 정도? 현재의 기사단과 비교하면 터무니없이 낮은 전투력을 보유하게 되겠지."

하진은 그제야 이 성물이 얼마나 중요한 것인지 알게 되었다.

'그래, 그래서 눈에 불을 켜고 이것을 찾고 있었던 것이군.'

그는 아구스에게 이번 항해가 미칠 외교적 영향에 대해서도 물었다.

"너희들이 서부 해안으로 항해한다는 것이 공국에게 얼마나 큰 위협이 되는지 알고 있겠지?"

"무, 물론입니다. 그 마찰을 감수하면서까지 성물을 찾아와야 하는 것이지요."

"협상을 벌일 생각은?"

"…없습니다. 최소한 그런 척은 하겠지요."

이제 그는 한계에 도달한 듯 몸을 좌우로 비틀며 소리쳤다.

"끄아아아악! 제발 좀 살려주세요! 제발!"

하진은 그를 끌어내려 주려고 했지만 케리니슨이 그를 제지했다.

"아직, 아직 아니야."

"뭐, 뭐라고?"

"이대로 그냥 내려주면 복수심만 가득할 것이다. 차라리 정신을 조금 놓는 것도 괜찮은 방법이지."

"그, 그건 너무 비인도적이지 않나? 차라리 그냥 죽이던지."

"흠, 그렇다면 최소한 신성력을 사용할 수 없도록 만들어야 하는데."

미샤가 가만히 두 사람의 대화를 듣고 있더니 불쑥 앞으로 나섰다.

"제가 하겠습니다."

"뭘 말입니까?"

"금제를 걸어보겠단 말입니다."

"아아, 금제!"

그녀는 아구스의 머리에 손을 올렸다.

우우우우웅!

미샤의 마력이 아구스의 머릿속으로 스며들어 한 가지 금제를 걸었다.

"신성력이 발동되는 즉시 지금의 고통이 영원히 지속될 것이다. 또한 우리 모두에게 해가 되는 짓을 했다간 죽을 때까지 고통 받을 것이다."

이제 아구스의 머리에는 신성력만 발동하면 온몸에 벌레가 기어 다니는 착각이 들게 되었다.

아구스는 앞으로 더 이상 신성력을 사용할 수 없게 될 것이다.

서걱!

케레니슨은 그제야 아구스를 묶고 있던 밧줄을 끊어버렸다."으악, 으아아아악!"

아구스는 땅으로 내려오자마자 바닥을 뒹굴며 온몸에 붙은 벌레들을 떼어내기 시작했다.

그리곤 자신의 온몸에 난 두드러기와 벌레 문 자국을 손으로 긁어서 피를 냈다.

벅벅벅벅!

"으허어어! 좀 살 것 같군!"

"…딱히 보기 좋은 광경은 아닌 것 같군요."

"아마 온천욕 몇 번이면 확실히 좋아질 것이다. 그 정도 상처는 금방 나아."

"으하하! 살았다!"

아구스는 절반쯤 정신이 나간 상태로 판잣집 이곳저곳을 뛰어다녔다.

　　　　*　　　　*　　　　*

　다음 날, 테세라를 떠나 다시 군도로 돌아가려는 하진의 주
변에서 아구스가 자꾸만 기웃거리고 있다.

　"뭐야? 쟤는 아까부터 왜 저러고 있는 거지?"

　"아무래도 정신적으로 이상이 생겨 이곳에 집착이 생긴 모
양입니다."

　"…별일이 다 있군."

　"저대로 두었다간 큰 화근이 될 수도 있겠습니다."

　"어쩌지?"

　"일단 상태를 보고 데리고 가든지 바다에 빠뜨려 죽이든지
결정을 내려야 할 것 같습니다."

　"으음, 그래. 한번 보기나 하자고."

　하진은 항구 구석에 숨어 있는 아구스를 향해 빠르게 쇄도
해 들어갔다.

　스으으으윽!

　퍼억!

　"흐윽!"

　"이 새끼, 어제부터 왜 나를 자꾸 따라다니는 것이냐?"

　"…신성력의 파동을 사용할 수 없으니 제국으로 돌아가 봐
야 별수 없을 것이다."

　"그래서?"

"나를 데리고 가주었으면 한다."

"어째서?"

"최소한 동냥질을 하는 것보다야 선원으로 평생 썩는 것이 낫겠지."

하진은 잠시 생각에 잠겼다.

"흐음……."

"대장님, 그냥 버리시지요."

"아, 안 된다! 나를 버리지 마라!"

그는 좋은 생각이 떠올랐다.

"좋아, 그럼 네놈에게 시험을 내리겠다."

"시험?"

"우리는 아펠트 군도로 간다. 만약 네놈이 선단으로 돌아가 당분간 첩자 노릇을 해준다면 군도의 주민으로 받아주겠다."

"주민이라면……."

"자유민이다. 그냥 농사나 짓고 살겠다면 그렇게 해주겠다는 뜻이다. 물론 가축과 집도 나누어줄 것이다. 아마 그럭저럭 먹고사는 데엔 지장이 없겠지."

"자, 장가도 갈 수 있나?"

"당연하다. 아펠트 군도에는 여자가 남자보다 많아."

그는 아주 흔쾌히 고개를 끄덕였다.

"가, 가겠다! 너희들을 따라서 군도로 가겠다!"

"하지만 명심해라. 만약 네놈에게 배신할 기미가 보인다면 언제든지 금제를 풀어 평생 벌레에 물리도록 해주겠다."

"…그럴 일은 절대로 없다."

"좋아, 가라."

그는 자리에서 벌떡 일어나 신성제국의 선단으로 되돌아갔고, 네이튼과 부관들은 염려의 눈초리를 보냈다.

"과연 괜찮을까요?"

"글쎄, 한번 지켜보는 수밖에."

하진은 그가 사라진 방향을 오래도록 바라보았다.

*　　　*　　　*

그날 밤, 아구스가 전투사제 선단으로 되돌아왔다.

"조장님, 왜 이렇게 늦으셨습니까? 다들 찾으러 다녔습니다."

"중요한 볼일이 있었다."

"볼일이요?"

"…기밀이다. 목이 달아나고 싶다면 계속해서 물어도 좋다."

"아, 아닙니다!"

일정 등급 이상의 사제들에게는 높은 수준의 기밀이 전달되는데, 만약 하급 사제가 이것을 엿듣게 되면 목이 달아날 수도 있었다.

아구스의 부하들은 즉시 입을 다물었다.

"가자. 에멘트 공국령으로 간다."

"예, 조장님."

"그나저나 그곳으로 가는 일정은 어떻게 되나? 본국에서 지원이 올 예정인가?"

"아닙니다. 첫 번째 선단이 그곳에서 외교적 농성을 벌이는 동안 특작조가 조타린 해협을 지나 서부 해안 끝으로 갈 겁니다."

"흠, 그렇군."

"조장님께선 특작조를 이끌게 되실 것이라고 선단주가 말했습니다."

"그래?"

아구스의 표정이 묘하게 변했다.

제7장

첩자 생존

조타린 해협과 에멘트 공국령의 경계.

쏴아아아아!

신성제국의 선단이 이곳으로 발을 들이려 하고 있다.

뿌우우우!

에멘드 공국의 해군은 그들이 데드라인을 넘자마자 사격을 하겠다고 엄포를 놓고 있었다.

"죽고 싶다면 이곳을 넘어와도 좋다!"

"훗, 우리를 건드리고도 살아남을 성싶으냐?"

"길고 짧은 것은 대봐야 알 일이고!"

전투사제 제1조장 악시온은 제2조에게 침투를 인계시켜 놓고 목숨을 건 투쟁을 벌이는 중이었다.

그는 자신이 언제 죽을지 모르는 농성을 벌이면서도 겉으론 아주 태연한 척 힘을 주고 있었다.

하지만 제아무리 악시온이라곤 해도 서부 해협 최강의 함대 앞에선 긴장될 수밖에 없었다.

"꿀꺽!"

그의 등줄기로 서늘한 식은땀이 한줄기 흘러내렸다.

'죽는다고 해도 내 명예는 죽어서도 남을 것이다.'

악시온은 전투사제 중에서는 드물게도 명예와 긍지를 목숨처럼 여기는 몇 안 되는 사람이었다.

그는 앞에 서 있는 소형 선박을 바라보며 외쳤다.

"네놈이 그곳에서 조금만 더 벗어난다면 우리가 먼저 사격할 것이다!"

"미쳤군. 캐논에 머리가 날아가 봐야 정신을 차릴 모양이군!"

"……."

에멘트 공국은 제국이고 뭐고 자신들의 영토를 침범하면 무조건 파괴시키고 보는 무지막지한 사람들이었다.

그들은 제아무리 굳건한 세력이 쳐들어온다고 해도 절대로 백기를 내리는 법이 없으며, 침략자들이 지쳐서 돌아가거나 그 병력이 궤멸될 때까지 싸울 준비가 되어 있었다.

물론 에멘트 공국이 천혜의 요새이기 때문에 이 모든 것이

가능했다.

"네놈들의 조상이 묻힌 이곳에서 너도 뼈를 묻고 싶은 것이냐?"

"…뭐라?"

"정신 차려라! 요전에 아케인 왕국에서도 이곳을 넘었다가 선단이 다 털린 적이 있다!"

순간, 악시온이 고개를 갸웃거렸다.

"누가 넘어와?"

"아케인 왕국 말이다! 그놈들도 이곳까지 넘어왔다가 후퇴하여 돌아갔다!"

"어째서?"

"그걸 네가 알아서 무엇 하겠느냐?"

"…치사한 놈!"

"후후, 말하는 수준이 어린아이로구나!"

악시온과 대면하기 위해 온 제2참모장 아이스트 남작은 악시온에게 최후통첩을 남기고 돌아섰다.

"네놈들이 10분 안에 데드라인에서 발을 떼지 않으면 발포하겠다! 그리고 네놈들이 본국으로 되돌아가기도 전에 물귀신으로 만들어주겠다!"

"…일방적인 통보로군."

"그렇다. 통보가 통하지 않으면 채찍으로 후려칠 뿐이다. 알아서 조심하는 것이 좋다!"

"……."

악시온은 이제 슬슬 속으로 수를 세고 있었다.

'이제 거의 다 되었을 텐데?'

벌써 이틀째 에멘트 공국에서 진을 치고 있었으니 아마도 아펠트 군도까지 특작조가 넘어가고도 남았을 것이다.

하지만 그들은 여전히 소식이 없었다.

'이상하군. 지금쯤이면 작전이 성공하고도 남아야 하는데.'

조금 멍한 표정이 된 악시온에게 아이스트가 물었다.

"뭘 그렇게 멍하니 서 있나? 어서 배를 돌리지 못하겠느냐?"

"……."

"이런 멍청한 놈들 같으니."

아이스트는 더 이상 기다려 줄 정도로 아량이 넓지 못했다.

소형 선박이긴 하지만 플라시프 함포를 장착한 아이스트의 전함은 결코 무시할 수 없는 화력을 지니고 있었다.

만약 그가 에멘트 공국의 특기인 3중 함포 사격을 실시하게 되면 장신포들이 무차별 사격을 가해올 것이다.

아마 그때쯤이면 악시온은 이 세상에서 흔적을 찾아볼 수 없을지도 모른다.

'하지만 더 버텨야 한다!'

이들이 작전 성공 전에 빠지게 되면 특작조들이 임무를 완수하고 돌아오는 도중에 죽거나 그곳에 당도하기 전에 작전이 발각될 가능성이 높았다.

그는 이를 악물었다.

"이런 씨발! 쏠 테면 쏴라! 한번 해보자그래!"

"조, 조장님?!"

"…선단을 전진시킨다!"

"아, 안 됩니다! 그럼 다 죽을 겁니다!"

"시끄럽다!"

아이스트는 슬그머니 미소를 지었다.

"후후, 기어이 죽음을 선택하겠다는 것이군. 좋아, 한번 해 보자고."

그는 검을 뽑아 들었다.

쳉!

"함포, 사격 준비!"

끼릭, 끼릭!

플라시프 함포가 일렬로 정렬하자, 전투사제들의 표정이 딱 딱하게 굳었다.

"이런 제기랄!"

"충격에 대비하라!"

이제 더 이상 어쩔 도리가 없게 된 지금 전투사제들이 할 수 있는 것은 방어 전술을 어떻게 구사할지 궁리하는 것이었 다.

하지만 제아무리 강력한 전투력을 가졌다곤 해도 플라시프 함포에 당할 자는 없었다.

"발사!"

펑펑펑펑펑펑펑!

무려 25문이 돌아가면서 가하는 연속 사격은 순식간에 전투사제 선단을 벌집으로 만들어 버렸다.

콰과과과광!

"크하악!"

"선실이 박살 났습니다! 기함을 버리고 후열로 후퇴하는 것이 낫겠습니다!"

"…후열로 간다고 살 수 있겠나?"

"그, 그게 무슨……?"

잠시 후, 에멘트 공국의 플라시프 함포가 날아와 후열 선박을 모조리 박살 냈다.

피융, 콰앙!

"끄아아악!"

"선단이 전멸 직전입니다! 그냥 항복하시지요!"

"…버텨라! 우리가 버티지 않으면 작전은 실패할 것이다!"

플라시프 함포는 정확도가 가히 소총에 비견될 정도로 정밀하기 때문에 한번 사정권 안에 들어오면 결코 살아나갈 수 없는 지옥의 무기이다.

악시온은 스스로 목숨을 포기했다.

"…폐하, 신께 영광을 돌립니다!"

"이런 제기랄!"

악시온이 명예를 중시한다고 해서 그의 부하들까지 그런 것은 아니었다.

챙!

"이런 씨발! 이럴 바엔 네놈을 죽이고 이곳을 탈출하겠다!"

"지금 나에게 항명하겠다는 것이냐?!"

"퉤, 이래 죽으나 저래 죽으나 죽는 것은 매한가지다!"

"어리석은 놈들 같으니!"

악시온은 열 명의 부관의 창에 옆구리를 찔렸다.

퍼억!

"크허어억!"

"죽어라!"

퍽퍽퍽퍽!

푸하아아악!

사방으로 그의 옆구리에서 튀어나온 내장 조각과 선혈이 낭자하여 충격적인 장면을 연출했다.

하지만 악시온의 부하들은 그를 산 채로 바다로 던져 버렸다.

풍덩!

"개자식, 언제까지 여기서 버티고 있을 건데?!"

"자자, 다들 도망가자고!"

악시온의 부하들은 배를 버리고 바다로 몸을 던졌다.

풍덩!

이들은 자신들이 해안까지 헤엄을 칠 수 있을 것이라고 확신했지만, 그것은 어디까지나 임시방편에 불과했다.

과연 그들이 해안가로 도착했을 때, 반겨줄 사람이 있을지는 미지수였다.

하지만 그들은 일단 목숨이라도 연명하기 위해 열심히 팔을 저었다.

*　　　　　*　　　　　*

같은 시각, 제2조가 배를 몰고 서쪽으로 항해하고 있다.

쏴아아아아!

하지만 조원들은 행해한 지 이틀이 지나도 육지가 보이지 않아 당황하고 있었다.

"조장, 뭔가 좀 이상합니다."

"뭐가 말이냐?"

"서부 해안으로 이 정도 항해했으면 지금쯤 육지에 닿고도 남아야 합니다. 하지만 여전히 망망대해뿐이지 않습니까?"

"…그래서 뭐 어쩌라는 것이냐?"

"그, 그러니까……."

"배를 돌리자는 말이냐?"

"그, 그렇다기보다는……."

아구스에게 항명이란 죽음과 같은 것이므로 그의 부하들은 그저 불안함에 입을 다물 수밖에 없었다.

하지만 그중에 용기가 가상한 자가 있었다.

"조장, 지금이라도 배를 돌리시죠."

"…뭐라?"

"서부 해협으로 잘못 들어섰다간 암초 지대에 걸릴 수도 있고 설사 암초 지대를 건넌다고 해도 헤이슨 제국령으로 흘러들어 갈 수도 있습니다. 한마디로 모두 다 죽는다는 소리입니다."

"그래서 뭘 어쩌라는 것이냐?"

"배를 돌려야 한다는 말입니다."

"…죽고 싶은 것이냐?"

그는 이를 악물었다.

"어차피 이곳으로 가면 다 죽습니다! 지금 중앙 대륙에서 전쟁이 한창이라는 것을 모르시는 바는 아니겠지요?!"

"알고 있다. 그래서 너희들을 이곳까지 데리고 온 것 아니냐?"

"……?"

바로 그때, 저 멀리서 마공소총의 탄환이 날아와 한 조원의 머리를 꿰뚫었다.

서걱!

"……."

"어, 어어?!"

"조, 조장! 이레인이 죽었습니다!"

"아무래도 도처에 해적이 도사리고 있는 것 같습니다!"

"빌어먹을! 어떻게 할까요?"

"……."

"조, 조장?"

순간 그는 재빨리 선체 밖으로 몸을 던졌다.

풍덩!

그러자 수면 아래에 대기하고 있던 그림자 하나가 쑥하고 올라와 그를 낚아챘다.

파밧!

"…뭐, 뭐지?"

"조장이 지금 무슨 짓을 한 거야?"

"보면 모르겠나? 조장이 우리를 배신한 것이다!"

"뭐, 뭐라?!"

그들의 추측대로 소총의 탄환이 날아온 각도로 수십 발의 포탄이 날아들었다.

피융!

"…우리는 이제 다 죽었다."

"제기랄!"

콰앙!

"크아아아악!"

"갑판이 부서졌다! 모두 배를 버리고 바다로 뛰어들어!"

"하지만 이 바다 아래에 뭐가 있을 줄 알고 뛰어드나?! 차라리 배를 돌려 도망치는 편이 나을 것이다!"

"그럼 빨리 배를 돌려!"

조원들은 어떻게든 살아남기 위해 발버둥 쳤지만, 그들에겐 이미 희망이란 남아 있지 않았다.

뿌우우우!

"사제들을 약탈하라!"

"와아아아아아!"

"백병전 준비!"

사제들은 자신들 앞에 예고도 없이 나타난 보병들을 바라보며 인상을 와락 구겼다.

"…아예 작정을 하고 있던 모양이군."

"그러니 바다에 자신 있게 입수했지."

"제기랄."

"쳐라!"

사방에서 화살과 화포가 날아들어 사제들의 몸을 꿰뚫기 시작했다.

핑핑핑!

퍼억!

"크허억!"

"…끝이다! 우리는 다 죽었어!"

사제들은 스스로 전멸할 것을 예상했다.

*   *   *

전투가 끝난 후, 아구스는 자괴감에 빠진 표정을 짓고 있었다.

"······."

"후회하고 있나?"

"···목숨을 건졌으면 된 것 아닌가?"

"그렇게 생각하고 있다면 다행이고."

아구스는 섬으로 가는 것을 포기하기로 했다.

"나는 돌아가겠다. 어차피 금제에 걸려 있는 판에 내가 뭘 할 수 있겠나? 이렇게 된 김에 유랑이나 하면서 살아야겠어."

"진심인가?"

"다만 내가 해준 일에 대한 보수는 받고 싶다. 유랑을 하려 해도 돈이 있어야 할 것 아닌가?"

"이 배를 가지고 떠나라. 이 안에 들어 있는 보급품과 군비를 네가 모두 가지면 될 것 아닌가?"

"···그래, 알겠다."

하진은 금화 두 닢을 꺼내어 바다에 집어 던졌다.

팅, 팅!

"하나는 네 동료들의 노잣돈이고 하나는 네게 미리 주는 노잣돈이다. 저승길에 요긴하게 쓰일 것이다."

"고맙군."

이윽고 하진은 그에게 금화 주머니를 집어 던졌다.

찰랑!

"가져라. 저번에 나에게 맞은 매값이다."

"…후후, 이렇게 보면 매도 꽤나 맞을 만한데?"

"그럼 평생 매나 맞으면서 살던지."

그는 고개를 가로저었다.

"이제 나는 죽은 사람처럼 살 것이다. 아마 내 부하들이 살아 있었다면 너희들을 모두 죽였을 것이다. 나 역시 그랬을 테지만, 금제가 걸린 것을 천운으로 알아야겠지."

"그렇게 생각하고 있다면 다행이고."

"그나저나 시신은 처리해 주는 것인가?"

"그래야지. 아무리 그래도 옛 동료를 치우라고 하는 것은 이치에 맞지 않지."

"고맙군."

아구스는 진심으로 자신이 잘못된 길을 가고 있다는 것을 깨달았다.

얼마 전, 삼 일 동안 생사의 갈림길을 왔다 갔다 하면서 느낀 것은 지금까지 그가 그릇된 길을 가고 있다는 것이다.

이제 앞으로 그는 신성력의 파동을 사용하여 누군가를 억압하거나 사람을 죽이는 일은 절대로 하지 않을 것이다.

'그래, 있는 듯 없는 듯 살면 되지.'

죽음을 목전에 두었을 때, 비로소 인생에 대한 철학을 깨달은 것이다.

하진은 배 위의 시신을 수습해 주고 앞으로 이 배를 타고 돌아다닐 수 있도록 배려해 주었다.

*   *   *

신성제국의 제1항구도시 마르텔.

쏴아!

조금 쌀쌀한 바람이 마르텔을 스쳐 지나가고 있다.

"그래서 에멘트 공국에서 우리 사제들을 모두 다 죽였단 말인가?"

"전멸입니다. 단 한 명도 살아 돌아오지 못했습니다."

"공국에선 뭐라고 하던가?"

"우리가 먼저 저들의 영토를 침범했답니다."

"그에 대한 근거는?"

"배의 파편이 에멘트 공국의 국경지대에서 발견되었답니다. 그러니 우리가 영해를 침범했다고 해도 할 말이 없지요."

"…참극이로군. 도대체 왜 그렇게 어처구니없는 일이 벌어진 것인가?"

"자세한 것은 알 수가 없습니다. 다만 사제들을 총괄하는 황제께서 모든 일을 주관하셨다는 것밖에는 밝혀진 것이 없습니다."

"별일이군. 이런 일이 벌어지다니 말이야."

"그러게 말입니다."

붉은 망토를 두른 사내가 자신의 부하들에게 말했다.

"그나저나 중앙 대륙으로의 진군은 어떻게 되었나?"

"아직 미정입니다."

"미정이라?"

"폐하께서 나서지를 않으시니 성기사단도 쉽사리 움직일 수가 없는 것이겠지요."

"그놈의 성기사단만 믿고 있으니 군이 제대로 돌아갈 리가 있나?"

"어찌하면 좋겠습니까?"

"기사단이 없는데 나라고 별도리가 있겠나? 그저 신이 원하는 대로 움직이는 수밖에."

"하지만 지금 출정하지 않으면 선수를 빼앗기게 될 것입니다."

"황제께서 생각하는 큰 그림이 있겠지."

잠시 후, 사내의 곁으로 한 여인이 다가왔다.

"찾으셨습니까?"

"요즘 통 얼굴 보기 힘들군."

"황제 폐하의 측근이라는 것이 생각보다 고된 일이더군요."

"억울하면 자네도 낙향을 하던지."

"끔찍한 소리를 하시는군요."

"후후, 낙향도 그리 나쁘지는 않아. 생각을 조금만 전환하면 값진 일이 될 걸세."

"…부르신 이유가 뭡니까?"

그는 까칠한 그녀에게 양피지를 하나 건넸다.

"거참, 까칠한 것은 여전하군."

"이게 뭡니까?"

"황제께 전해주게."

"……?"

"열어보는 것은 자네의 자유네만 그 뒷감당은 할 수 있을지 모르겠군."

그녀는 깊이 고개를 숙였다.

"각하의 명을 따르겠습니다."

"그리해 주게."

이윽고 그는 미련 없이 돌아서서 말에 올랐다.

"어디를 또 가십니까?"

"글쎄, 중앙 대륙으로의 진군이 시작되면 다시 돌아올지도 모르지."

"참으로 바람 같은 사람이군요."

"원래 사람은 유랑하면서 세상을 즐겨야 오래 사는 법이라지. 나는 사제도 아니고 성기사도 아니니 무병장수의 비결을 찾아야 오래 살 것 아닌가?"

"오래 살아서 좋은 것이 있겠습니까?"

"모르지. 한번 찾아보는 것도 그리 나쁘지는 않을 걸세."

사내는 말을 타고 홀연히 사라졌고, 여자는 양피지를 들고 선착장으로 향했다.

*　　　*　　　*

같은 시각, 신성제국의 수도 실베아니아에 조타린 해협에서의 참극이 전해졌다.

황제 루이슨은 통탄을 금치 못했다.

쾅!

"…빌어먹을 놈들이군! 감히 짐의 사제들을 수장시켜 버리다니!"

"이는 명백한 도발 행위입니다! 당장 함대를 파견하여 에멘트 공국을 쑥대밭으로 만들어 버리심이 옳은 줄로 압니다!"

루이슨은 와락 인상을 구겼다.

"지금 중앙 대륙에서의 전쟁이 한창인데 그게 무슨 말도 안 되는 소리인가? 만약 짐이 힘으로 저들을 꺾으려 했다면 소수 정예로 파견대를 꾸렸겠소?"

"소, 송구합니다!"

"……."

지금 황도에는 군사적인 상황을 제대로 점검해 줄 전문가가 하나도 없기 때문에 파병 자체가 상당히 까다롭게 되었다.

루이슨은 머리를 짚었다.

"빌어먹을. 하필이면 지금 중앙 대륙에서 싸움이 벌어질 것은 또 뭐람?"

"어차피 중앙 대륙에서의 싸움은 군부의 소관이니 사제들을 서부대륙으로 파견하심이 어떠십니까?"

"그랬다가 우리가 중앙 대륙에서 밀리기라도 하면 어쩔 것이오?"

"아아……."

"…머리가 있으면 제발 병법에 대해서 공부 좀 하시오."

"송구합니다!"

루이슨이 생각 없는 문신들 때문에 골머리를 앓고 있을 무렵, 반가운 얼굴이 도착했다.

"폐하, 정보부장 루지나가 도착했습니다."

"오오, 정보부장! 들라 하라!"

정보부장 루지나는 제국 안팎의 정보를 수집하고 각종 첩보를 집행하는 아주 중요한 인물이다.

그녀는 병법에도 꽤나 조예가 깊기 때문에 루이슨에게 아주 현실적인 조언을 해줄 수 있을 터였다.

척!

"황제 폐하를 뵙습니다!"

"어서 오시게나. 어디를 그리 급하게 다녀오는 것인가?"

"대공을 만나 뵙고 오는 길입니다."

"숙부님을 말인가?"

"예, 폐하."

"으음, 대공께선 강녕하시던가?"

"여전하십니다."

"…그 양반도 참 책임감 없으시지. 전쟁이 터졌는데 그깟 유랑이 뭐라고 밖으로만 나도는지 모르겠군."

"그래도 적시적기에 항상 돌아와 상황을 정리해 주시지 않습니까?"

"뭐, 그건 그렇지."

대공 프라반은 황위를 조카에게 양위하고 전 대륙을 유랑하며 유유자적하게 살아가는 한량이었다.

하지만 그가 젊어서 쌓은 공적과 무관으로서의 명성은 많은 기사와 성기사의 존경을 받기에 부족함이 없었다.

신성제국이 위기에 빠질 때면 항상 홀연히 나타나 문제를 해결하고 다시 바람처럼 사라지곤 했다.

아마 이번에도 적시적기에 나타났다가 바람처럼 사라져 죽었는지 살았는지 생사도 확인할 수 없을 것이다.

그녀는 프라반이 남긴 서찰을 황제에게 건넸다.

"이것을 건네라 하셨습니다."

"이게 뭔가?"

"소신도 잘 모릅니다. 다만 폐하가 아닌 제3자에겐 절대로 보여주어선 안 된다고 말씀하셨습니다."

"그래?"

루이슨은 프라반이 남긴 양피지의 내용을 천천히 읽어 내려갔다.

"……!"

"폐하?"

"…지금 당장 정보부의 모든 인력을 소집하라."

"예, 폐하!"

그녀는 루이슨의 명령이 왜 떨어졌는지 알 길이 없었으나, 신하로서 해야 할 도리를 할 뿐이다.

하지만 그런 그녀에게도 분명 일말의 의구심은 남아 있을 것이다.

'뭐지? 왜 저렇게……'

지금 루이슨의 표정은 상당히 상기되어 있었고, 양피지를 잡은 손이 떨리고 있었다.

이내 대전을 나선 그녀는 자신의 부하들을 전부 소집하였다.

*　　　*　　　*

루이슨의 명령으로 모인 정보 요원들은 놀라운 사실을 전해 듣게 되었다.

"열쇠를 가지고 튄 놈들이 상자를 취했다."

"아주 작정을 했다고밖에 볼 수 없겠어. 아무래도 아펠트 군도에서 침몰한 선박들 역시 그들이 벌인 짓이 아닐까 하고 짐작한다."

"흐음……."

"게다가 아케인 왕국에서 에멘트 공국을 침범한 것이 패왕의 인장과 관련이 있다는 것을 황숙께서 알아내셨다. 이것은 에멘트 공국이 어째서 불모지인 아펠트 군도로의 진입을 불허하는지에 대한 설명이 된다고 볼 수 있다."

"그렇다면 아르바트 삼국에서 애초에 에멘트 공국과 연합을 맺어왔다는 뜻입니까?"

"그것도 아주 배제할 수는 없지."

"일이 참 복잡해졌군요."

"황숙의 정보에 따르면 현재 아케인 왕국에 중앙 대륙의 유일한 핏줄인 에네스 왕세자가 있다고 한다."

"놈을 잡아오는 것이 이번 임무입니까?"

"지금은 전시다. 아케인 왕국에 침투하여 인원 및 요인을 사살해도 좋다. 어찌되었건 에네스만 잡아오면 된다."

"그럼 아펠트 군도로의 잠입은 어떻게 합니까?"

"상단으로 위장하여 에멘트 공국으로 먼저 들어가는 것으로 하지."

"…쉽지 않을 텐데요."

"쉽지 않기 때문에 우리 정보부가 이 일을 맡은 것이다. 이의 있나?"

"없습니다."

지금까지 신성제국 정보부는 복잡하고 어려운 일들을 도맡아서 해온 만큼 그 명예가 제국 최고라고 할 수 있었다.

물론 그들의 노고를 알아주는 사람은 극히 드물었지만 이들은 스스로가 하는 일에 자부심을 가지고 있었다.

그들은 이번 작전을 수행함에 있어 기꺼이 목숨을 걸 것이다.

"제1조부터 8조까지는 아케인 왕국으로 잠입한다. 그곳에서 에네스 왕세자를 납치하고 이곳으로 데리고 오는 데 전력을 다한다."

"예, 알겠습니다."

"그리고 나머지 9조와 10조가 에멘트 공국으로 잠입하여 수사를 벌인다. 에멘트 공국에서 서방의 많은 국가들과 교역을 하니 그곳의 상단으로 위장하면 되겠군. 서방 대륙의 언어는 구사할 수 있겠지?"

"물론입니다."

"좋아, 그렇다면 에멘트 공국이 거래하는 상단을 급습해서 그들을 궤멸시키든지 상단을 사든지 무슨 수를 내서라도 위장에 성공해야 한다."

"잘 알겠습니다."

"자, 그럼 움직이도록."

파바밧!

신성제국의 정보부가 하늘로 증발하듯 사라졌다.

제8장
온천

늦은 밤, 농부 세릭이 치수 공사에 한창이다.

퍽퍽퍽!

마을 회관에서 군도의 민간 영역 전역에 물을 대어주고 있긴 하지만 자신의 농지까지 물을 끌어오는 것은 스스로의 몫이었다.

그 길이가 그리 멀지는 않지만 워낙 꼼꼼한 성격의 세릭이라서 둑을 쌓는 데 심혈을 기울이고 있었다.

그는 열심히 곡괭이질을 하다가 뭔가 묵직한 것이 걸리는 것을 느꼈다.

퍽퍽, 까앙!

"으윽, 팔이야!"

마치 단단한 반석 같은 것이 물길 한가운데 박혀 있어서 곡을 치기가 여간 힘든 것이 아니었다.

그는 자신이 남동 향에 자리를 잘 잡았다고 생각했지만 아무래도 착각한 모양이다.

"빌어먹을, 이래서 무슨 물을 대겠어? 게다가 비 한번 오면 둑이 다 무너지겠군."

오늘 밤까지 공사를 끝내려던 그는 힘이 쭉 빠지는 것을 느꼈다.

후두두두둑!

더군다나 비까지 슬슬 오고 있기에 더 이상 공사를 벌이는 것은 힘들 것으로 보였다.

"휴우, 내일 다시 공사를 하던지 촌장님께 말해서 농지를 다른 곳으로 바꾸던지 해야겠군."

깊은 한숨을 내쉬던 그가 자리에서 일어서던 바로 그때였다.

쿠그그그그그!

"어, 어어……?"

갑자기 땅이 흔들리며 깊숙한 곳에서부터 거대한 진동이 느껴졌다.

그는 재빨리 몸을 피했다.

"지, 지진이다! 지진이 났다!"

늦은 밤이었지만 아직 잠자리에 들지 않은 농부들이 뛰어나와 모여들었다.

"뭐, 뭐야?! 무슨 일이야?!"

"이봐, 지진이 났어! 느끼지 못했나?"

"지진? 무슨 지진이 났다고 그래?"

"이, 이상하다. 분명 지진이 났는데?"

바로 그때, 그들의 눈을 의심케 하는 일이 벌어졌다.

쿠그그그그그, 콰앙!

"허, 허억!"

"포, 폭발이 일어났다! 어서 대장님께 이 사실을 알리자!"

"가, 가세!"

농부들은 군정에서 배를 보수하고 있을 하진을 향해 달렸다.

　　　　　*　　　　　*　　　　　*

　늦은 밤, 하진은 상선으로 위장한 전함을 손보는 중이다.

뚝딱, 뚝딱!

그는 병사들과 대장장이들을 바라보며 외쳤다.

"어서 끝내고 술이나 한잔씩 하자고!"

"좋지요!"

"마침 내가 쌈짓돈으로 술을 몇 드럼 샀으니 오늘은 실컷 마시고 푹 자자고!"

"와아아아아아!"

하진의 한마디에 병사들의 사기가 올라갔다.

쿵쿵쿵!

신명나게 모루질과 망치질을 하던 병사들의 귀에 농부들의 웅성거림이 들려왔다.

"으음? 무슨 일이지?"

"대장님, 저기 마을 사람들이 몰려오고 있습니다."

"마을 사람들이?"

선체 안쪽에서 보수 작업을 하고 있던 하진이 도크의 문을 열고 밖으로 나섰다.

그러자 세릭이 헐레벌떡 달려와 하진을 붙잡았다.

"허억, 허억! 대장님!"

"세릭 씨? 무슨 일이십니까?"

"지, 지금 당장 와보셔야겠습니다! 아주 큰일이 났어요!"

"큰일이요?"

"이, 일단 이쪽으로 와주십시오!"

하진은 어리둥절해하는 병사들에게 전함의 수리를 계속하도록 지시했다.

"계속하고 있어! 금방 돌아올 테니까!"

"예, 대장님!"

절반쯤 강제로 끌려간 하진은 세릭의 농지 앞에 도착했다.

푸하아아아아악!

하진은 자신의 눈을 의심했다.

"무, 물줄기?!"

"뜨, 뜨거운 물이 마구 솟아납니다! 이게 도대체 무슨 일인지 모르겠군요!"

"마, 맞습니다! 이건 신의 저주입니다! 지옥의 문이 열리는 것이라고요!"

그는 뜨거운 김이 모락모락 나는 물기둥에 손을 가져다 댔다.

치이익!

"앗, 뜨거워!"

"괘, 괜찮으십니까?!"

"괜찮습니다. 이 물, 온천수입니다."

"온천수요?"

"음용에 적합한지는 엠블라를 통해서 알아봐야겠지만 이렇게 뜨거운 물이 치솟는 경우는 온천밖에 없어요."

"온천이라니……."

중앙 대륙에는 온천이라는 것이 없어서 이런 경우를 찾아보려야 찾아볼 수가 없었다. 그러니 용천한 것을 보고 지옥문이 열렸다고 소란을 피우는 것도 무리는 아니었다.

하진은 온천물을 가지고 엠블라를 찾아갔다.

엠블라는 늦은 밤임에도 하진의 부탁을 받고 물에 무엇이

들어 있는지 마법으로 세세히 분해해 보았다.

잠시 후 그녀는 기분 좋은 결과를 하진에게 전해주었다.

"딱히 신체에 해가 되는 물질은 없는 것 같습니다. 몬스터에게서 나온 독도 검출되지 않고요."

"그렇다면 이 온천수로 목욕탕을 만들 수도 있겠군요."

"그 말로만 듣던 노천을 즐길 수 있는 건가요?"

"그렇지요."

"그럼 당장 공사를 시작하시죠."

"그럽시다."

하진은 날이 밝는 대로 나무로 탕을 만들기로 했다.

* * *

다음 날, 하진은 백향목과 자작나무로 틀을 짜고 그것을 받쳐줄 초대형 목욕통을 만들기 위한 궁리에 빠져들었다.

이곳에서는 석회석을 구하기 힘들어서 거대한 목욕통을 뚝딱 만드는 것은 불가능했다.

하지만 하진에겐 이미 열을 보호해 주고 탄탄하게 목욕물을 잡아줄 방법이 있었다.

그것은 바로 마법이었다.

철로 뼈대를 잡고 그 위에 마법으로 동을 녹여서 얇게 입혀주면 녹이 슬지 않는 목욕탕이 완성된다.

그 위에 다시 돌을 얹어서 틀을 잡은 후 좋은 냄새가 나는 백향목과 자작나무로 살을 붙이면 아주 훌륭한 목욕탕이 탄생할 것이다.

치이이이익!

하진은 마법사들이 목욕통을 만드는 동안 산에서 채취한 판판한 돌로 바닥을 깔고 배수로와 상수도를 연결시키기로 했다.

뚝딱, 뚝딱!

거대한 반석을 통째로 얹어 바닥을 만든 후 까끌까끌한 돌로 미끄러움 방지를 해놓으면 목욕탕에서 넘어질 일은 그리 많지 않을 것이다.

하진은 대장장이들이 만든 철 파이프에 동을 코팅시켜서 녹 방지를 해놓고 그것을 용천 구멍에 연결시켰다.

쏴아아아아아아!

이것을 지하수와 섞어서 적당한 온도로 만드니 영락없는 온천수가 탄생했다.

이제 하진은 연결된 상수도 위에 거대한 목욕통을 얹고 물을 연결시켰다. 그다음엔 수도꼭지를 달고 배수관까지 연결하니 완벽한 목욕탕의 모습을 갖추었다.

"거의 다 완성되어 가는군."

"이제 배관을 연결하고 앉아서 몸을 닦는 곳만 만들면 됩니다."

"좋아, 그것은 내일 진행하기로 하고 오늘은 지붕을 얹고 남녀의 탕을 나누는 칸막이와 입구를 만들자고."

"예, 대장님."

병사들과 대장장이들은 쉬지 않고 밤이 늦도록 일에 매달렸다.

이틀 후, 완벽한 모습의 목욕탕이 완성되었다.

솨아아아아!

"으음, 좋아!"

쑥을 비롯한 각종 허브로 만든 입욕제를 투여하고 나니 정말 제대로 된 목욕탕이 완성되었다.

탕 하나에 80명까지 수용이 가능한 초대형 목욕탕에 들어선 하진은 마을 사람들과 함께 옷을 홀러덩 벗었다.

그는 사람들에게 목욕 에티켓에 대해서 설명했다.

"물이 많긴 하지만 공동으로 사용해야 하니 꼭 샤워를 하고 들어갑시다. 그리고 목욕탕에서 소변을 보는 행위는 금지합니다. 아시겠죠?"

"네!"

"자, 그럼 들어갑시다!"

각자 나무로 된 목욕 바가지로 몸을 씻은 사람들은 하나둘씩 온천에 몸을 담그기 시작했다.

첨벙!

"어허, 좋다!"

하진은 몸을 따뜻하게 데워주는 이 목욕의 느낌이 도대체 얼마만인지 몰라 눈물이 날 지경이었다.

"그래, 바로 이거지!"

그에 반해서 지금까지 목욕이라는 것을 해본 적이 없는 마을 사람들은 그저 어리둥절할 뿐이다.

"드, 들어가도 되는 거죠? 화상을 입는 것은 아니죠?"

"괜찮습니다. 자자, 들어오세요."

하진의 권유로 목욕탕에 하나둘 들어오기 시작한 마을 사람들은 특유의 뜨끈함에 저절로 눈을 감았다.

"으음, 좋군!"

"목욕은 피로 회복과 숙취에 좋습니다. 그러니 일과가 끝나면 모두들 이렇게 목욕을 하는 것이 건강에도 좋을 겁니다."

"확실히 피로가 풀리는군요!"

"오늘 목욕이 끝나면 차가운 물에 담가두었던 수박에 술이나 한잔합시다."

"좋죠!"

하진은 목욕탕을 만들면서 지하수로 만든 수영장을 구비해 두었는데, 계곡물과 만나는 지하수 수영장은 이가 딱딱 부딪칠 정도로 차가웠다.

그곳에 술과 수박을 담가두었으니 오늘은 제대로 한잔 걸칠 수 있을 것이다.

마을 사람들은 생전 처음으로 맛보는 목욕탕에 한껏 즐거움을 만끽했다.

*　　　*　　　*

목욕탕을 만들고 보니 하진은 몇 가지 아쉬운 부분이 있었다.

자고로 목욕탕에는 사우나가 있어야 제 맛이고 맥반석에 구운 계란은 가히 일품이라고 할 수 있다.

하진은 석탄과 온돌의 원리로 작동하는 사우나를 만들고 그 안에 맥반석을 깔았다.

쏴아아아아!

병사 20명과 함께 만든 맥반석 사우나의 위력은 그야말로 대단하다고 할 만했다.

"…너무 더운데요. 한 70도는 족히 넘겠습니다."

"원래 이런 맥반석에서 따끈하게 지져줘야 근육이 뭉친 것도 풀리고 젖산도 덜 쌓이는 법이라네."

하진은 병사들과 함께 몸에 묻은 먼지를 깨끗하게 씻어내고 종이판에 담긴 계란을 들고 사우나로 들어갔다.

쉬이이이익!

쑥 주머니를 달아놓아 제대로 훈증이 되는 사우나에 계란까지 올려놓은 하진은 병사들과 옹기종기 모여 고열을 참아냈다.

그는 더위를 참아내는 방식으로 대화를 선택했다.

"어이, 지미."

"예, 대장님."

"이번에 합동결혼식을 추진해 볼 생각인데, 자네의 부대원들은 어떻게 생각하는가?"

하진이 결혼 얘기를 꺼내자 병사들의 입이 귀에 걸렸다.

"헤헤, 좋지요! 안 그래도 대장님께 건의할까 말까 고민이 많았습니다. 요즘 군도가 바쁘게 돌아가다 보니 저희도 여유가 통 나지를 않았고요."

"그래도 일류지대사인데 결혼식은 당연히 치러야지. 성대하게 치러주지는 못해도 마을 회관에서 공금으로 최대한 맞춰 보겠네."

"감사합니다!"

결혼 얘기로 5분이 훌쩍 지나갔고, 하진은 그제야 병사들을 데리고 밖으로 나왔다.

"어허, 덥다! 찬물로 직행!"

"와아아아아!"

20명의 남자가 찬물에 풍덩 몸을 던지자 그 소리가 여탕까지 울려 퍼졌다.

"대장님, 사우나가 괜찮은가요?"

"이봐, 다들 어때?"

"좋습니다!"

"들으셨습니까?"

"그럼 내일은 우리 여탕에도 공사를 해주실 거죠?"

"그, 그래야지요."

할 일이 점점 늘어나는 하진이다. 하지만 마을 사람들의 행복이 곧 하진의 행복이었다.

그는 맥반석에 올려놓았던 계란을 꺼내어 병사들에게 나누어주었다.

"이야, 잘 익었네! 이것을 마을 사람들에게 골고루 나누어주게."

"와아, 계란이네! 살다 보니 구운 계란을 다 먹어보고, 저희들이 아주 호강을 합니다."

"호강은 무슨, 앞으론 돼지고기도 이렇게 한번 구워보자고."

"좋습니다!"

하진은 내일의 공사를 위해 잠자리로 향했다.

* * *

며칠 후, 온천 근처에는 남녀 사우나와 가족탕, 마을 주민 통합 한증막이 설치되었다.

웅성웅성!

사우나에는 매표소와 매점이 들어서 있었다.

아직까지는 마을 회관에서 식량과 생필품들을 무상으로

배분해 주기 때문에 사유재산 제도가 없었다.

매표소는 목욕탕을 이용할 수 있는 일일 횟수를 제한하는 목적이고, 매점은 1인당 할당된 간식을 골고루 배분하기 위해 만들어진 것이다.

때문에 공공 근로를 하는, 이른 바 공동체 공무원들은 주민들의 신상 정보를 확인하여 사재기나 불법 배급을 제한하는 역할을 할 뿐이다.

하진은 사우나를 즐기는 사람들 사이에서 찜질방을 순찰하며 부족한 부분을 체크하는 중이다.

치이이이익!

불가마 옆에 있는 물레방아 펌프를 점검한 하진은 온도와 습도를 체크하며 시간을 보내고 있었다.

겨우 체크를 끝낸 하진은 목욕탕으로 내려가 샤워할 준비를 했다.

"후우, 하루가 참 짧군."

워낙 바쁘게 움직이는 하진이기 때문에 하루 중에 편히 쉴 수 있는 시간이 그리 많지 않았다.

홀러덩 윗옷을 벗은 하진은 남자 탈의실을 돌아다니며 뭔가 빠진 것이 있나 점검해 보았다.

휘이이이잉!

온천 인근에 있는 조류 발전 물레방아에서 끌어온 톱니 동력을 이용하여 만든 환풍기가 조금 삐걱거리는 듯하다.

"흠, 이게 왜 이러지?"

환풍기를 떼어내 보니 나사 하나가 느슨하게 조여져 있다.

그는 바지춤에 달려 있는 작업 및 시찰용 벨트에서 드라이버를 꺼내 나사를 조였다.

끼익, 끼익!

환풍구를 단단히 조인 하진은 작은 손망치로 다시 환풍기를 끼워 넣었다.

탕탕탕!

"이제 다 된 것 같군."

휘이이이잉!

이렇게 꼼꼼하게 점검해 주지 않으면 추후 문제점을 찾을 때 골치가 아플 테니 그는 하루 종일 목욕탕을 돌아다닐 수밖에 없었다.

하지만 고생한 만큼 체크리스트가 완성되고 사용 매뉴얼이 완벽하게 제정되어 관리가 수월해질 것이다.

이제 그는 벨트를 풀고 탕으로 직행하려 준비했다.

딸깍!

바로 그때였다.

"계세요?"

"허, 허억!"

여자의 목소리가 들려 화들짝 놀란 하진은 가까스로 바지춤을 잡아 올렸다.

"여, 여긴 남탕입니다! 잘못 들어오신 모양이군요!"

"아아, 그래요? 그런데 이 목소리는……"

하진은 미간을 살짝 찌푸렸다.

"…클레네?"

"여기 계셨네요?"

눈웃음이 아주 매력적인 클레네는 목욕탕으로 들어오자마자 입구에 출입금지 팻말을 걸었다.

딸깍!

"……"

"자, 이젠 대장님께서 이곳을 손보는 줄 알고 다들 왔던 길을 되돌리겠죠?"

"뭐 하는 겁니까?"

그녀는 자신의 옷을 벗어 반나체 상태가 되었다.

훌렁!

"이, 이봐요!"

"오해는 하지 마세요. 우리 신전에선 목숨을 구해준 은인의 발과 등을 씻어주는 관례가 있어요. 나는 그 관례를 지키려는 것뿐이니까요."

"…그, 그런 일이라면 하지 않아도 됩니다."

"아니요, 나는 해야겠어요. 내 신념을 지키고 싶거든요."

"……"

그녀는 아주 정중히 무릎을 꿇었다.

"자, 어서 탕으로 들어가세요. 저는 이곳에서 의식을 준비하겠습니다."

"꼭 이렇게까지 해야 합니까?"

클레네의 표정이 급격히 어두워졌다.

"…싫다면 어쩔 수 없지요. 하지만 저는 은혜도 모르는 파렴치한 여자로 평생을 쓰레기처럼 살아가게 되겠죠. 내 동포를 만나 돌로 맞아도 저는 할 말이 없어요."

"그, 그렇게까지 비약을 해야겠습니까?"

"사실이 그런 것을요."

그녀는 자신이 가지고 온 향유와 수건을 주섬주섬 챙겼다.

"…어쩔 수 없지요. 당신이 살려주신 목숨, 당신이 거두겠다는데 제가 할 말이 더 있겠습니까?"

"……."

하진은 순순히 바지를 벗고 아랫도리를 타월로 가렸다.

"…갑시다."

"정말요? 딴소리 안 하실 거죠?"

"나는 최소한 한 입으로 두말은 안 합니다."

"고마워요!"

그녀는 너무나 기쁜 나머지 반나체 상태로 하진을 끌어안았다.

그러자 그녀의 부드럽고 말랑말랑한 두 개의 봉우리가 하진의 맨살에 닿았다.

물컹!

"허, 허억!"

"어머나, 미안해요! 너무 기쁜 나머지……."

"괘, 괜찮습니다."

하진은 속으로 애국가와 동요를 마구 부르기 시작했다.

'동해물과 백두산이 마르고 닳도록……'

속으로 염불을 외우듯 애국가를 부르면서 귀를 후비적거리는 하진을 바라보며 그녀가 고개를 갸웃거렸다.

"왜 그러세요?"

"…나도 목욕을 하기 전에 의식을 치르는 겁니다. 내 고향에선 다들 이렇게 해요."

"아아, 그래요?"

하진은 한숨을 푹 내쉬었다.

'이것 참, 대장 노릇 해먹기 힘들군.'

그는 클레네를 따라서 목욕탕 안으로 들어갔다.

*　　　　*　　　　*

늦은 오후, 마을 사람들은 일과 후 목욕까지 마치고 저녁 식사를 준비하고 있다.

"젝슨, 저녁 먹어라!"

"에이미, 오빠 데리고 오너라! 아빠 오셨다!"

이곳저곳에서 평화로운 저녁 풍경이 펼쳐지고 있고, 신녀 파트라는 그 모습을 가만히 지켜보고 있다.

"…좋구나. 가우스트라는 사람이 만든 세상이라는 것은."

그녀는 새삼스레 가우스트라는 사람이 참으로 대단하다는 생각이 들었다.

중앙 대륙 칼리어스의 난민들을 데리고 이 위험한 군도로 떠내려 와서 이만큼 정착했다는 것은 거의 기적에 가까운 일이다.

이곳에 정착한 것만 해도 기적인데 학교와 병원, 목욕탕까지 만들어 주민들의 복지를 향상시킨 것은 현실적으로 불가능한 일이다.

하지만 그 모든 것을 이렇게 단기간에 실현해 낸 가우스트는 신대륙의 개척자라고 해도 과언이 아니었다.

"가우스트라……."

그의 얼굴을 떠올리니 자연스럽게 미소가 지어지는 그녀이다.

"자, 그럼 우리 대장 오빠와 술이라도 한잔해 볼까?"

지금쯤이면 일과를 마치고 저녁을 먹기 위해 마을 회관으로 갔을 하진을 찾기 위해 길을 나선 그녀이다.

그러나 그녀는 아주 뜻밖의 소식을 들었다.

"대장님께서 목욕탕에 들어가신 이후 한참이 되었는데 아직도 안 나오시네?"

"으음, 이상한데? 오늘은 공격대와 밤낚시를 가시기로 한 날 아닌가?"

"그러게 말이야."

"금방 오시겠지. 그 약속 때문에 오늘 저녁도 안 먹고 기다리고 있는 중인데 말이야."

"그렇겠지?"

그녀는 마을 회관을 찾아가 보았지만 하진은 역시 오지 않은 모양이다.

마을 회관에는 혼자 사는 싱글이나 독거노인, 고아 등을 위하여 자율배식소를 끼니마다 운영하고 있었다.

하진 역시 이곳에서 식사를 하기 때문에 끼니마다 항상 이곳에 앉아 있었다.

'무슨 목욕을 이렇게 오래 해?'

그녀는 하는 수 없이 클레네의 숙소를 찾았다.

똑똑!

"클레네! 문 좀 열어봐!"

하지만 클레네 역시 아무런 기척이 없었다.

"클레네?"

문을 열고 안으로 들어간 그녀는 자신의 눈을 의심했다.

팅팅팅!

헤센트 지역 신전에서 전해져 내려오는 재가의식이 펼쳐지고 있었는데, 이것은 다섯 개의 촛불과 하나의 종으로 이뤄진 일종의 마법진이다.

이것이 온전히 이뤄지기 위해선 신녀의 직책을 버리고 한 남자에게로 시집을 간다는 각오와 함께 신체 접촉이 필요하다.

물론 때에 따라선 그냥 기우제처럼 제사에 이용되기도 한다.

"아니야, 이건 제사에 사용될 그런 마법진이 아닌 것 같아."

그녀는 재빨리 고개를 돌려 목욕 용품을 찾아보았다.

하지만 그 어디에서도 목욕 용품은 찾을 수가 없었다.

"클레네……!"

파트라는 마치 불을 집어먹은 짐승처럼 문을 박차고 나와 목욕탕으로 향했다.

*   *   *

똑똑.

천장을 타고 내려온 물방울이 떨어져 고요한 목욕탕을 잔잔히 울리고 있다.

하진은 자신의 등을 어루만지는 클레네의 부드러운 손길을 느끼며 한없이 부담스러워하고 있다.

'난감하군. 누가 보기라도 한다면……'

그는 잠시 자신의 평판이 낮아질 수도 있다는 생각을 해보았다.

하지만 조금만 더 깊게 생각해 보면 총각이 처녀와 정분났다는 소문이 난다고 해도 문제될 것은 전혀 없었다.

다만 그녀가 예전에는 신녀로서 한 국가의 종교를 책임졌다는 것이 흠이라면 흠이다.

'뭐, 그렇다고 해도…….'

혼자서 이런저런 생각에 잠겨 있던 하진은 불현듯 자신의 엉덩이로 쑤욱 내려온 그녀의 손길을 느꼈다.

스윽!

"허, 허억!"

"어머나, 미안해요. 제 손이 미끄러져서….."

"험험! 미안해할 것 없습니다만……."

이윽고 그녀는 향유가 담긴 유리병을 삐끗 잘못해서 놓치고 말았다.

출렁~

"어머나!"

촤락!

그녀의 몸에 아주 향긋한 장미향의 향유가 쏟아졌고, 그것은 머리와 가슴을 타고 아래로 천천히 흘러내리고 있다.

클레네의 탐스럽고 매끈한 몸매가 훤히 드러나며 그 굴곡과 중요 부위가 도드라지게 되었다.

봉긋하게 솟은 그녀의 두 봉우리가 하진의 심장을 마구 폭행했다.

두근두근!

"꿀꺽!"

"이런, 향유가 쏟아졌네요. 그렇다면 하는 수 없이……."

그녀는 하진의 등에 자신의 몸을 밀착시킨 후 위아래로 몸을 흔들었다.

슥슥, 슥슥.

"어, 어어……."

"괜찮아요. 향유는 상당히 비싼 것이라 다시 구하기 힘들어서 이러는 것뿐이니까요."

분명 머리는 이 상황이 아주 위험하다고 말해주고 있었지만, 하진 역시 남자인지라 어쩔 수가 없었다.

그는 다리에 힘을 꽉 주고 정신을 다른 세계로 보내 버렸다.

'태산이 높다 하되 하늘 아래 뫼이요…….'

중국의 태산 꼭대기에 앉아 염불을 외우는 상상에 빠져들던 하진의 얼굴로 차디찬 산기슭 이슬이 맺히는 것 같았다.

점점 더 그 청아함에 젖어들던 하진은 자신의 목덜미를 타고 가슴으로 내려온 그녀의 손을 느꼈다.

스윽!

"허, 허어억!"

"향유가 아까워서요."

이제 그는 더 이상 염불은 욀 수 없다는 것을 깨달았다.

'인간의 힘으로 어찌할 수 있는 한계가 여기까지인 모양이다.'

슬슬 그의 가슴속에 잠들어 있던 짐승이 고개를 쳐들기 시작했다.

"…후우!"

"이리 오세요."

그녀의 농익은 숨결 하나하나에 하진의 근육 세포들이 살아 움직이는 것 같다.

슬그머니 의자에서 일어선 하진의 몸과 그녀의 몸이 떨어지면서 향유가 만들어낸 거품이 미묘한 앙상블을 자아냈다.

"가우스트 님."

하진은 드디어 정신줄을 놓아버렸다.

'에라, 모르겠다!'

바로 그때였다.

콰앙!

"이봐요, 가우스트 경!"

"허, 허억!"

"…어디서 뭘 하고 있나 했더니 클레네의 유혹에 홀딱 넘어갔군요!"

"아, 아니, 난 그게 아니고……."

"대장 오빠, 클레네가 꼬신다고 홀라당 넘어가서 침이나 질질 흘리고! 변태예요?!"

"그, 그거야……."

파트라는 이어 빙그레 미소를 짓고 있는 클레네에게 물었다.

"그렇게 가우스트 오빠를 먹고 싶던?!"

"머, 먹어요? 날 어떻게……."

"쩝, 아쉽게 되었어."

"뭐, 뭐요?"

클레네가 자리에서 일어나 겉옷을 챙겨 입었다.

"오늘의 의식은 다 끝난 것이 아닙니다. 나중에 또 기회가 된다면……."

"…없어! 앞으론 내가 못하게 막을 테니까!"

"후후."

하진은 다행히도 육신이 하는 일이 멈춰진 것에 감사하면서도 한편으론 아쉬운 마음이 눈앞을 가렸다.

'…좋았는데 말이야.'

이상하게도 깊은 한숨이 나오는 것은 하진이 건강한 남자이기 때문일 것이다.

제9장
왕자를 향한 날

　늦은 밤, 아케인 왕국 제2의 항구도시 밀라나로 서방 대륙 상선이 들어서고 있다.

　뿌우!

　기적 소리 가득한 항구에 내려선 상인들은 아주 이국적이면서도 세련된 차림으로 서 있었다.

　"휴우, 기나긴 여정이었군."

　"지금 여독을 풀지 않으면 내일 힘들 겁니다. 여관으로 가시지요."

　"그러자고."

　500명의 상인들은 밀라나의 번화가로 향했다.

딸랑딸랑!

서방 대륙의 상인들 앞으로 작은 종을 든 여관 종업원들이 달려와 호객 행위를 해댄다.

"손님, 싸게 드릴게요! 이쪽으로 오세요!"

"싼 값보단 질이요! 우리 여관으로 오십시오!"

6대 대륙 중에서 가장 작고 생활환경이 열악한 서방 대륙이지만 부유함은 가히 최고라 할 수 있었다.

이들의 부유함은 거대한 다이아몬드 광산과 루비 광산에서 나오는데, 국민의 평균 소득이 아케인 왕국의 다섯 배에 달할 정도이다.

물론 빈부의 격차가 상당히 크긴 하겠지만 평민 이상의 계급만 되어도 아케인 왕국의 중산층 부럽지 않은 생활을 할 수 있었다.

하지만 이들은 외부인의 출입을 철저히 통제하고 자신들만의 세계에서 살아가는 쇄국정책을 펼치고 있었다.

제아무리 아케인 왕국이라고 해도 서방 대륙에 교역소를 설치하거나 외교대사관을 설치하는 것은 불가능하였다.

교역은 오로지 서방 대륙의 대상인들이 물건을 가지고 와서 팔고 물건을 사가는 것만이 가능했다.

물건이 필요하다고 선단을 보냈다간 그나마 지금 이뤄지고 있는 교역이 끊어질까 봐 아케인 왕국은 그들의 땅이 어떻게 생겼는지 알지도 못했다.

언뜻 보기에도 아케인 왕국을 비롯한 4대 열강이 이들에게 한 수 접어주는 것 같은 그림이 그려지는데, 이것은 어쩔 수 없는 현실이었다.

서방 대륙에서 생산되는 다이아몬드를 비롯한 귀금속과 마약류의 한 종류인 팔라프 이파리는 이곳에서 구할 수가 없기 때문이다.

팔라프 이파리는 다 죽어가는 환자를 잠시 살려놓을 정도로 마취 효과가 뛰어나기 때문에 환자를 요양하는 곳에선 필수적으로 들어가는 약물이다.

더군다나 각종 광물은 풍부한 데 비해 귀금속이 절대적으로 부족한 4대 열강의 입장에선 귀족들의 배를 불릴 귀금속이 절실했다.

아마 귀족 부인들이 치맛바람을 일으키지 않았다면 지금쯤 서방 대륙과의 교역은 이뤄지고 있지 않았을지도 모른다.

하지만 이미 귀금속 수입의 100%를 의존하고 있는 가운데 그들의 존재는 가뭄의 단비와도 같았다.

이렇게 불평등한 교역이 계속되고 있긴 하지만 덕분에 항구 도시들의 경제는 나날이 호황을 누리고 있었다.

서방 대륙의 대상인들이 항구도시에서 하루에 쓰고 가는 돈은 정확히 그 수치를 집계할 수 없을 정도로 방대했는데, 불평등 교역이라는 말이 무색해질 정도의 재화였다.

사정이 이러하니 아케인 왕국은 서방 대륙의 상인이라면

아주 까무러쳐 넘어갈 정도로 좋아했다.

"나리, 저희 집에서 묵고 가시지요!"

"누구십니까?"

"아스란 남작가에서 나왔습니다. 남작께서 나리를 저희 저택으로 초대하셨습니다."

"으음, 처음 들어보는 이름입니다만?"

"아마 그러실 겁니다. 아스란 남작께선 이번 중앙 대륙 점령전에서 공을 세워 귀족이 되었으니까요."

"그렇군요."

서방 대륙의 대상인이라는 칭호를 얻은 사람이라면 아케인 왕국의 중앙 정계와도 꽤나 친밀한 관계를 맺고 있었다.

대상인 핫트는 아스란이라는 신흥 귀족에게 조금은 호기심이 동했다.

'전쟁 영웅이라……. 한번 만나볼 가치는 있겠군.'

그는 500명의 상단을 이끌고 남작가로 향했다.

"아스란 남작가에서 하루 묵고 가자."

"예, 대방주님."

핫트의 푸른달 상단이 줄을 지어 번화가를 벗어났다.

*　　　*　　　*

늦은 밤이지만 아스란 남작가의 주변은 아주 환한 불빛으로 가득했다.

"마법을 사랑하는 분이시군요. 남작께선 신지식을 많이 가지고 계신 모양입니다."

"상아탑에서 수련하신 적이 있다고 들었습니다."

"과연."

햇트는 아케인 왕국에 다이아몬드를 팔러 오는 길이면 항상 상아탑 직속 상인들에게 마법 도구들을 한 짐 사가곤 했다.

마법이라는 학문이 거의 전무한 서방 대륙에서는 상아탑 물건이라면 부르는 것이 값이기 때문이다.

그가 만약 마법이라는 학문에 아예 문외한이었다면 지금의 부를 이룩하는 것은 애초에 꿈도 꾸지 못했을 것이다.

잠시 후, 아스란 남작가의 저택이 햇트의 앞에 펼쳐졌다.

스스스스스!

붉은색 빛 무리가 가득한 아스란 남작가의 저택은 시종들조차 마법 빗자루를 타고 돌아다니고 있었다.

부우우웅!

"오오!"

"상아탑에서 사들인 빗자루입니다. 비록 사용 기간이 그리 길지 못한 것이 단점이긴 합니다만, 돌아다니는 데 좋아서 일의 효율이 꽤 많이 올라가지요."

"좋군요, 이런 신지식을 소유하고 있다는 것은."

돈이라면 죽을 때까지 바닥에 뿌려도 다 쓰지 못하고 죽을 핫트였지만 이런 광경을 볼 때마다 눈이 획획 돌아가곤 했다.

'그래, 마법이라는 학문은 사람을 세련되게 만든다. 이 사람과는 반드시 친해져야 해.'

핫트는 오늘 이곳에서 자신의 가장 큰 매력인 재력을 뽐내고 두 가문 사이에 끈끈한 친교를 맺기로 마음먹었다.

잠시 후, 아스란 남작이 현관 사이로 모습을 드러냈다.

"푸른달 상단의 대방주께서 오셨군요. 반갑습니다. 아스란 남작입니다."

"처음 뵙겠습니다. 장사꾼 핫트입니다."

"먼 길 오시느라 고생 많으셨습니다. 일단 안으로 드시지요."

"감사합니다."

아스란은 생전 처음 보는 핫트를 마치 오래된 친구처럼 따뜻하게 맞아주었다.

아주 선한 인상에 다소 걸걸한 목소리를 가진 아스란은 전형적인 기사의 모습을 하고 있었다.

'무인이 마법을 숭상하다니, 상당히 열린 가슴을 가지고 있는 남자가 분명하다.'

진짜 남자는 관대함과 열린 사고를 가지고 있다는 것이 핫트의 생각이다.

그는 활짝 열린 가슴과 머리를 가진 남자로, 지금까지 단한 번도 자신과 같은 성격을 가진 귀족을 만나본 적이 없었다.

이제야 비로소 자신의 가치관과 맞아떨어지는 사람을 만났다는 생각이 드는 핫트이다.

"시장하실 텐데 바로 식사부터 하시지요. 오신다는 소식을 듣고 부랴부랴 상을 차렸습니다만, 기쁘게 받아주셨으면 좋겠군요."

"감사합니다. 초면에 이렇게 환대해 주시니 제가 뭘 어떻게 해야 할지 모르겠습니다."

"하하, 그냥 즐겁게 묵고 돌아가시면 됩니다. 저는 당신에게 숙식을 제공하고 당신은 저에게 서방 대륙의 문물을 전해주시면 되는 것이지요."

"으음, 아주 좋은 관계인 것 같군요."

"저도 동감입니다."

핫트는 아케인 왕국 특유의 고딕 양식의 접대실을 지나 식당으로 들어섰다.

끼이익!

식당 안에는 지금까지 전혀 맡아보지 못한 새로운 요리의 향이 물씬 풍겨 나오고 있었다.

"냄새가 아주 독특하군요."

"중앙 대륙의 요리입니다. 어지간한 사람들은 먹어보지 못했다고 하더군요."

"아아, 중앙 대륙!"

상아탑의 지부가 가장 많이 있다는 중앙 대륙의 요리는 핫트를 비롯한 대상인들도 제대로 맛본 기억이 없었다.

그들은 항상 억압과 전쟁의 포화 속에서 살아가기 때문에 서방 대륙과는 교류가 거의 없기 때문이다.

그는 식탁에 앉아 강렬한 향의 향신료와 신기한 식재료로 만든 요리를 음미해보았다.

서걱.

칼로 칠면조와 비슷하게 생긴 새를 썰어보니 뱃속에서 각종 허브와 잡곡이 쏟아져 나왔다.

"이건 뭡니까?"

"오세로라는 닭의 일종입니다. 닭의 뱃속에 허브를 넣고 불로 지져서 만든 요리지요. 맛이 꽤 새로울 것입니다."

"그렇군요."

핫트는 성인 남성의 머리보다 훨씬 더 큰 오세로의 배를 갈라서 그 속살을 음미했다.

"쩝쩝."

"어떠십니까?"

"뭐랄까, 향유? 아니지, 꼭 여자들의 분에서 나는 맛이 좀 느껴지는 것 같습니다."

"하하, 처음엔 그 향이 너무 독해서 못 드시는 분들도 있습니다. 하지만 한번 빠지면 결코 헤어 나올 수가 없지요."

"그, 그런가요?"

서방 대륙의 향신료도 꽤나 세다고 생각한 핫트이지만 중앙 대륙의 요리에는 비교할 수 없을 것 같았다.

아스란 남작은 그에게 씁쓸한 향이 나는 술도 권했다.

"한 잔 받으시지요. 한 병을 만드는 데 무려 한 달이나 걸리는 귀중한 술입니다."

"오오, 이런 술이……!"

"맛이 꽤 씁니다. 하지만 뒷맛이 강렬하게 잡아주어 오묘한 풍미를 자아내지요."

그는 아스란이 준 술을 단숨에 넘겼다.

"크으윽, 목이 타들어가는 것 같군요!"

"소금을 드십시오. 그럼 좀 낫습니다."

그는 자신의 앞에 놓인 소금으로 입가심을 했다.

"츕츕……."

"어떠십니까?"

"…잘은 모르겠습니다만, 이 술을 마시는 사람들은 보통이 아닐 것 같군요."

"하하, 중부가 평생 전쟁터였으니 사람들의 시름이 꽤 깊었던 모양입니다. 술이 아주 독하지요?"

"상당한 독주군요. 어지간한 주당도 감당하기 힘들겠어요."

"그런 것이 바로 중앙 대륙의 매력이 아닐까요?"

"으음, 그래요. 테마가 확실해서 좋긴 하군요."

매번 새로운 것을 추구하는 핫트에게 오늘의 술자리는 꽤
나 유익하게 느껴졌다.

"자, 한 잔 더 하실까요?"

"그러시지요."

두 사람은 밤이 늦도록 술자리를 이어나갔다.

*   *   *

다음 날, 핫트는 찌뿌듯한 몸을 이끌고 정원으로 나왔다.

"후우, 머리가 아프군."

그는 엄청난 숙취로 인해 몸을 가누기도 힘든 상태로 정원
구석에 자리를 잡고 앉았다.

핫트는 아시스 연합국의 고산 부족에게 배운 명상을 통하
여 가까스로 숙취를 이겨내고 있었다.

숙취와 싸워서 간신히 이긴 핫트가 자리에서 일어날 때였
다.

"일어나셨습니까?"

"남작님!"

"하하, 숙취가 좀 심하지요?"

"좀 심하군요. 머리가 왜 이렇게 아프지요?"

"원래 이 술이 그런 면이 좀 있습니다. 하지만 따끈한 수프
로 해장을 하고 나면 금방 괜찮아질 겁니다. 숙취가 센 만큼

금방 물러나는 것이 이 술의 특징이지요."

"천만다행이군요. 이번 주말까지 왕궁에 도달하자면 시간이 촉박하거든요."

"오늘 점심을 드시고 출발하면 충분히 도착할 겁니다."

"그렇군요. 배려에 감사드립니다."

"별말씀을요."

아스란 남작이 그에게 손을 내밀었다.

"자, 그럼 함께 가실까요?"

"그럽시다."

자리에서 일어선 핫트는 아스란 남작과 함께 별관의 식당으로 향했다.

촤라라락, 치이이이익!

"으음, 좋은 냄새가 나는군요!"

"대구를 삶은 물에 새우를 넣어 끓인 해산물 수프입니다. 해장에는 그만이라고 하더군요."

"일부러 준비를 해주신 겁니까?"

"손님이 술을 많이 드셨는데 퍽퍽한 고기를 내놓을 수 있겠습니까?"

핫트는 그가 이렇게까지 자신에게 잘해주는 이유가 궁금해졌다.

"보통 모르는 사람이 와도 이렇게까지 극진해 대접해 주시는지요?"

"외람된 말씀입니다만, 우리 가문의 전통입니다. 제가 작위를 수여 받기 전부터 우리 가문은 손님에게 아주 관대했습니다."

"아아, 그렇군요."

"물론 대방주가 아주 큰 인물이기 때문인 탓도 있습니다."

"하하, 감사합니다."

아스란 남작은 오밀조밀하게 모여 있는 석재 테이블에 마주 앉은 핫트에게 해장 요리들을 건넸다.

맑은 국물의 수프와 아주 부드러운 식감의 빵, 거기에 우유와 치즈로 만든 걸쭉한 스튜가 쓰린 속을 차근차근 다스려 주었다.

"후룩, 으음! 이제 좀 살 것 같군요!"

"식사가 끝나면 충분히 물을 마셔주십시오. 그럼 점심시간까진 충분히 체력을 회복하실 겁니다. 어쩌면 어제보다 훨씬 더 좋은 몸 상태를 가지게 될 테지요."

"확실히 그렇군요. 집안의 내공인가요?"

"우리 가문은 대대로 술을 좋아했습니다. 대를 거쳐 오면서 노하우가 쌓인 것이지요."

"하하, 참으로 흥미로운 가문이군요."

"주당들에게서 그런 소리를 자주 듣습니다."

기분 좋게 식사를 마친 핫트는 아스란과 함께 선단으로 돌아갔다.

쏴아아아!

바닷바람을 맞으니 어제의 숙취가 싹 달아나는 것을 느끼는 핫트이다.

"제린 행수."

"예, 대방주님."

"출항 준비는 어떻게 되어가고 있는가?"

"출항 준비는 모두 끝났습니다만, 선원이 좀 모자랍니다."

"선원이 모자라다?"

"어제 산 곡식과 소금 값이 생각보다 많이 내려서 양이 많아졌기 때문입니다."

"그럼 곡식과 소금을 다시 반품하면 되지 않나?"

"그러기엔 손해가 좀 있습니다. 그리고 반품은 거의 돈을 받지 못하니 차라리 선원을 조금 더 구하는 편이 좋겠습니다."

"당장 여기서 선원을 어떻게 구한단 말인가?"

아스란은 핫트에게 또 한 번 친절을 베풀었다.

"우리 가문의 짐꾼들을 데리고 가시오."

"저, 정말이십니까?"

"하하, 물론이지요. 다만 오실 때 이곳에 들러 선원들을 집으로 돌려보내 주시기만 하면 됩니다."

"그래주신다면 너무나도 감사하겠습니다."

"알겠습니다. 그럼 오늘 점심까지 차비를 차려 짐꾼들을 보내드리겠습니다. 인원은 얼마나 필요하시지요?"

행수 제린은 장부를 정리하여 필요한 인원을 계산해 냈다.

"대략 50명쯤 필요합니다."

"좋습니다. 50명쯤이라면 점심시간까지 충분히 준비할 수 있습니다."

"정말 이렇게까지 호의를 베풀어주시다니 뭐라 감사의 말씀을 드려야 할지 모르겠군요."

"별말씀을요. 서로 돕고 사는 거죠."

핫트는 이곳에서 정말 잊지 못할 친구를 얻었다는 생각이 들었다.

그는 아주 드물게 자신의 고향으로 그를 초대했다.

"이번 행상이 끝나고 나면 함께 서방 대륙으로 가시지요."

"오오, 그래도 되겠습니까?"

"원래 이방인은 오래 머무를 수 없습니다만, 극진한 대우를 받은 친구는 최대한 오래 머물도록 한다는 것이 서방 대륙의 전통입니다. 함께 가시지요."

"이번 기회에 식견을 넓힐 수 있겠군요. 감사합니다."

"하하, 제 고향은 척박합니다. 찾아주시는 것만으로도 제가 감사하지요."

"아무튼 오늘 점심에 다시 뵙도록 하시지요. 왕도까지 함께 갑시다."

"그러셔도 되겠습니까?"

"아무래도 짐꾼들의 입장에선 원래 함께 생활하던 책임자가 같이 가는 편이 나을 겁니다. 그들은 대방주의 상단과 일면식도 없으니까요."

"그건 그렇군요. 그럼 남작께서 함께 들어가셨다가 나오시기를 부탁드립니다."

"별말씀을요. 그냥 여행 차 가는 것인데요."

두 사람은 대화를 하면 할수록 점점 더 가까워지는 느꼈다.

아마도 앞으로 두 사람은 더욱 깊은 우정을 쌓게 될지도 모를 일이다.

*   *   *

출발 시간이 다가옴에 핫트가 서둘러 선적을 마무리하고 있다.

"어서 움직여라! 이제 곧 출항한다!"

"예, 행수님!"

제린의 진두지휘 아래 선적이 진행되고 있고, 이들 중엔 50명의 이방인 짐꾼도 있었다.

한창 선적을 지휘하던 그에게 아스란 남작이 다가왔다.

"수고 많았습니다."

"별말씀을요."

"그나저나 대행수라는 사람은 어떻게 처리할 겁니까?"

"당신이 배를 점령하고 나면 대행수를 죽이고 핫트를 지하에 가둘 겁니다."

"좋습니다. 그렇다면 기왕지사 하는 김에 짐을 절반 정도 덜어내고 내 사람들을 더 실읍시다."

"얼마나요?"

"한 200명쯤?"

"으음, 짐을 모두 다 뺀다면 가능하겠군요. 하지만 그렇게 되면 핫트가 의심을 할 수도 있습니다. 당신들이 마실 물과 식량도 모자랄 것이고요."

"식량은 걱정할 필요 없습니다. 내가 짐꾼들을 먹일 식량을 싣고 가겠다며 배를 한 척 띄울 겁니다. 그곳에 식량을 가득 싣고 갈 겁니다."

"알겠습니다. 그럼 지금 당장 인원을 데리고 오십시오. 다만 그들은 당분간 곡식처럼 행동해야 합니다. 아시겠지요?"

"물론입니다."

아스란은 그와의 대화를 마친 후 항구의 골목길을 지나 한 여관 앞에 도착했다.

그를 기다리고 있던 한 여인이 반갑게 아스란을 맞이했다.

"어떻게 되었나?"

"성공입니다. 이제 선단을 탈취해서 우리가 상단으로 위장하기만 하면 됩니다."

"변장은 완벽하게 준비했겠지?"

"물론입니다. 아마 현지인도 우리를 보면 감쪽같이 속을 겁니다."

"좋아, 완벽하군."

그녀는 머리에 붉은색 두건을 두르고 눈꺼풀 위에 낙타의
눈썹을 올린 후 그것을 풀로 붙여 고정시켰다.

이렇게 하니 안 그래도 진하던 쌍꺼풀이 더욱 짙어져 서방
대륙의 느낌이 물씬 풍겼다.

이제 그녀는 짐꾼들 사이에 섞인 평범한 식당 인부처럼 보
였다.

"가지."

"예, 부장님."

두 사람은 200명의 인원을 식량과 바꿔치기하기 위해 창고
로 향했다.

늦은 오후, 드디어 출항 준비가 모두 끝났다.

"자, 출발하자!"

"예, 대방주님!"

방주 햣트의 옆에 아스란이 서 있다.

"오늘의 출항을 위해 일부러 배까지 띄우시다니, 정말 몸 둘
바를 모르겠군요."

"그렇게 대단한 일은 아닙니다. 그냥 관저 안에 있기가 불편
해서 나온 것뿐입니다. 아직까지는 돌아다니는 것이 더 좋군
요."

"하하, 역시 젊다는 것은 좋은 일이지요."

쏴아!

바닷물이 출렁이며 배가 순풍을 맞아 미끄러지듯이 앞으로 나아간다.

끼이이익!

바로 그때, 선실이 열리며 중무장한 사내들이 쏟아져 나왔다.

콰앙!

"쳐라!"

"와아아아아!"

좌락!

"크허억!"

"뭐, 뭐냐?! 네놈들은 다 뭐 하는 놈들이냐?!"

아스란이 핫트의 명치를 발로 걷어찼다.

퍼억!

"크윽! 나, 남작?!"

"다음 목적지까지 가는 동안 조용히 있어줘야겠어. 아무리 마법이 발달했다고 해도 네놈의 고향까지 부고를 알리려면 시간이 좀 걸리거든. 이 상단을 제린이 맡으려면 고향에서의 전언이 필요하다. 그러니 괴로워도 조금만 참아. 일이 끝나면 알아서 죽여주겠다."

"…이런 빌어먹을 자식들을 보았나?!"

"자, 그럼 좀 자라."

빠악!

"으윽!"

머리를 얻어맞고 그 자리에 쭉 뻗어버린 핫트를 어깨에 짊어진 괴한들이 그를 밧줄로 꽁꽁 묶어 창고에 아무렇게나 던져놓았다.

제린이 이미 몸통과 분리된 대행수의 머리를 가지고 나왔다.

툭!

"잡았습니다. 자, 이젠 온전히 우리가 선단의 주인이 된 겁니다."

"그렇군. 수고 많았습니다."

"별말씀을요."

제린의 눈가로 광기에 휩싸인 욕망이 꿈틀거리고 있다.

*　　　　*　　　　*

가을로 향하는 길목, 아케인 왕국에는 슬슬 낙엽이 지고 있었다.

에네스는 가만히 고개를 들어 하늘을 바라보았다.

"…잘 계시는지요?"

그는 아버지의 최후를 바라보면서도 아무것도 할 수 없는 무능한 아들이었다.

지금은 목숨이 붙어 있어 어쩔 수 없이 삶을 연명하고 있지만 언젠가는 아버지를 따라 홀가분하게 죽을 것이라고 확신했다.

하지만 지금의 그는 자신이 할 수 있는 한 최대한 오래 살아남아 잃어버린 여동생들을 꼭 찾으리라 다짐했다.

이제 그녀들에게 남은 희망이라곤 오직 에네스 한 명뿐이기 때문이다.

"반드시 찾으러 갈 테니 꼭 기다리거라, 모두들."

한참 회상에 젖어 있던 에네스에게 아이린이 다가왔다.

"킁킁, 여기서 뭐 하시나요?"

"그냥 사색에 잠겨 있었습니다."

"…사색은 죽음을 상기하는 일입니다. 사색하는 시간은 최대한 줄이는 것이 좋아요."

"……?"

그녀는 에네스에게 화살을 건넸다.

"이게 당신의 목덜미로 날아올지도 모른다는 소리입니다."

"아아……!"

"아케인의 왕실은 예로부터 암투가 끊이지 않았습니다. 아무리 병신인 나라지만 엄연히 왕족입니다. 누군가는 당신의 자리를 노리고 암투를 벌일 수 있어요."

"명심하겠습니다."

그녀는 에네스를 잡아 이끌었다.

"가요. 이제 곧 폐하를 알현할 시간입니다."

"후우, 그렇군요. 긴장됩니다."

"한 번 얼굴도장을 찍었음에도 불구하고 죽지 않았다는 것은 당장 죽을 일이 없다는 뜻입니다. 그러니 안심해요."

"그렇군요. 충고 감사합니다."

"……"

그녀는 쌀쌀한 표정으로 그를 대했다.

"어서 준비해요. 10분 남았어요."

"예, 마마."

에네스는 그녀가 준비한 아케인 전통 예복을 차려입었다.

"으음, 역시 옷걸이가 좋군요."

"칭찬 감사합니다."

"앞으로 당신이 해야 할 일이 많아요. 그러니 행동거지를 조심해요."

"잘 알겠습니다."

그녀는 에네스의 팔짱을 끼고 왕궁으로 향했다.

빰빠바바밤!

아케인트 왕성에 에네스와 아이린을 위한 연회가 준비되었다.

오늘은 특별히 서방 대륙의 대상인들이 대거 참석하여 자리를 빛내주기로 되어 있는데, 지금이 전쟁이라는 것을 감안한다면 꽤나 이례적인 행사라고 할 수 있었다.

만약 오늘 이 연회가 전시가 아닌 평시에 열렸다면 각 나라에서 사신단을 파견하여 축하의 전언을 보내왔을 것이다.

하지만 오늘은 4대 열강과 그 휘하의 제후국들이 참석하지 않아 왕궁이 조금 썰렁한 감이 있었다.

그래도 칼번이 워낙 연회를 성대하게 준비하여 그런 부재는 잘 느껴지지 않았다.

"먼 길 오시느라 다들 고생하셨소. 준비한 음식과 술을 마음껏 즐기고 가시구려."

"감사합니다, 폐하!"

"그럼 연회를 시작하라!"

빰, 빠바바바밤, 빠바바밤!

경쾌하고 흥겨운 음악이 연회장을 가득 채워감에 따라 귀족들과 상인들이 서로 인사하며 본격적인 사교의 장이 펼쳐졌다.

칼번은 그 와중에 에네스와 아이린을 불러냈다.

"가까이 오라."

"예, 폐하!"

납작 엎드린 에네스에게 그가 손을 내밀며 말했다.

"일어나라."

"폐, 폐하!"

"이제 너는 패망한 국가의 아들이 아니라 아케인의 혈통과 결혼하게 될 몸이다. 짐이 명령하지 않는 한 절대로 고개를 숙이거나 무릎을 꿇지 마라. 아무에게나 엎드려 절하게 된다면 내 친히 네 목을 벨 것이다. 알겠느냐?"

"예, 폐하!"

그는 에네스의 손을 들어주었다.

"이 사람이 국서다!"

"와아아아아아아!"

"경하드립니다, 폐하!"

"하하, 고맙소. 이제야 내 다섯째 딸이 시집을 가는구려. 외손주를 안을 수 있게 되어 기분이 좋구려."

"다시 한 번 경하드립니다!"

에네스는 이제 드디어 자신이 왕가의 일원이 되었다고 생각했다.

하지만 바로 그때, 에네스는 상상조차 하지 못한 일이 벌어졌다.

챙그랑!

천장을 막고 있던 유리가 깨어지면서 200명이 넘는 인원이 쏟아져 내려온 것이다.

게다가 그중에 50명은 밧줄도 없이 맨몸으로 바닥까지 날아들어 안착했다.

파바밧!

"웬 놈들이냐?!

"곧 죽을 놈들이 말이 많군!"

서걱!

"크허억!"

아케인 왕국의 한복판에서, 그것도 왕이 있는 궁전에서 이와 같은 참사가 벌어졌다는 것은 실로 엄청난 일이었다.

궁 밖에서 대기하고 있던 근위대가 쏟아져 들어왔지만 복면인들은 동요하는 기색조차 없었다.

콰앙!

"저놈들을 잡아라!"

"예, 대장님!"

근위대장 제로스가 렌스를 집어 던져 왕의 가까이에 있는 자객을 쓰러뜨렸다.

휘익!

퍽!

"크아아악!"

"폐하, 소신이 지키겠습니다!"

"자작, 고생이 많군."

"당치도 않습니다!"

이제 왕의 곁에는 500명이 넘는 병력이 버티고 서 있었으며, 왕궁 정원에 대기하고 있던 친위대 1천이 거칠게 말을 몰고 있을 것이다.

"무리한 도전을 했군. 네놈들의 정체가 무엇이냐?"

"흥, 알 것 없다!"

그들은 보이는 족족 죽이다가 밧줄로 에네스를 묶었다.

휘리리릭!

"허, 허억!"

"가자!"

"뭐, 뭐 하는 짓이오?! 당신들은 누군데 나를……?"

에네스의 몸이 밧줄에 꽁꽁 묶이자, 그들은 뒤도 돌아보지 않고 천장으로 몸을 날렸다.

파바바밧!

"아, 안 돼! 살려주시오!"

발버둥을 치던 에네스가 사내의 낭심을 걸어찼다.

퍼억!

"끄아아아아악!"

"어, 어어어……!"

대략 5미터 아래로 떨어진 에네스는 간신히 테이블 위로 안착했다.

빠직!

"허억, 허억!"

"생각보다 질긴 놈이군."

스릉!

검을 뽑아 든 자객들이 검 끝을 돌려 아이린 왕녀를 바라보았다.

"저년 먼저 잡아라!"

"예!"

에네스는 자신이 지금 가만히 있으면 아무것도 이뤄낼 수 없다는 것을 직감했다.

"왕녀님!"

촤락!

"에, 에네스?!"

"크윽!"

그는 위협적으로 검을 휘두른 자객의 공격을 맨몸으로 받아냈다.

"…이런 호랑말코 같은 자식들! 천벌을 받을 것이다!"

"오호, 기생오라비처럼 생겨서는 꽤 발악하는데?"

"발악도 정도껏 해야지. 자, 가자! 시간이 별로 없어!"

척!

150명의 괴한들이 그의 주변으로 동그랗게 원을 그렸고, 자객들은 서서히 두 사람을 옥죄어왔다.

아까 본 그 엄청난 도약 능력을 감안한다면 지금 이 50명이 마음만 먹는다면 충분히 공주를 죽이고 에네스를 다시 납치할 수 있을 것 같았다.

챙!

"그리 쉽게 당하지는 않을 것이다!"

"흥, 이놈이 죽으려고 아주 발악을 하는구나!"

세 명의 자객이 그녀의 목덜미를 노리고 검을 뻗었다.

쉬이이익!

에네스는 팔로 검을 막아냈다.

퍼억!

"크허어억!"

"에, 에네스!"

"이놈, 살려두지 않겠다!"

에네스는 자신의 팔을 앞으로 확 끌어당겨 자객의 중심을 무너뜨렸다.

"이, 이놈이?!"

"죽어라!"

촤라락!

"쿨럭쿨럭!"

"……!"

에네스는 팔로 검을 막아내고 스스로를 희생시켜 자객을 처단한 것이다.

그는 자신의 팔에 박혀 있는 검을 뽑아내며 외쳤다.

푸하아아악!

"끄아아아악! 덤벼라! 그리 간단히 죽지는 않을 것이다!"

"생각보다 독한 놈이군."

이미 아이린은 그의 팔을 잡고 의지하고 있고, 칼번은 그런 그를 아주 유심히 지켜보고 있었다.

제로스는 더 이상 시간을 지체하면 둘 다 죽을 수 있음을 시사했다.

"부마는 그렇다 치더라도 공주마마까지 다칩니다. 특작조가 대기 중이니 명령을 내려주시지요."

"잠깐, 잠깐만."

"…예, 폐하."

그는 에네스가 얼마나 큰 그릇인지 궁금해졌다.

'흥미로운 놈이군. 그저 얼굴만 반반한 줄 알았더니 꽤 독기가 있는 놈이었던 모양이군.'

잠시 후, 또 한 명의 자객이 검을 뺐었다.

쉬이이익!

그는 이번에는 허벅지로 검을 막아냈다.

퍼억!

"으으윽!"

꽈드드드득!

뼈가 뒤틀리는 끔찍한 소리가 들리더니 그의 검이 자객의 복부를 찔렀다.

푸욱!

"허, 허어억!"

"…죽일 것이다! 덤벼라! 오늘 너희들 중 몇 명은 저세상으로 갈 것이다!"

"무식한 놈! 자신의 몸을 방패로 사용하다니?!"

칼번은 이제 드디어 때가 되었다고 생각했다.

"쳐라."

"예, 폐하!"

천장에서 대기하고 있던 왕실근위대 특작조가 공중에서 뚝 떨어져 에네스의 앞을 막아섰다.

척!

"수고 많으셨습니다. 잘 참으셨습니다."

"허억, 허억!"

에네스는 결국 쓰러져 버렸지만 이제 특작조가 그를 보호할 것이다.

"쳐라!"

"와아아아아!"

챙챙챙챙!

병장기가 부딪치는 소리가 들리고, 두 세력은 각축을 벌이며 서로 힘의 줄다리기를 펼쳤다.

하지만 그 힘의 균형은 친위대들에 의해 무너지고 말았다.

다그닥다그닥!

"아케인 왕국을 위하여!"

퍽퍽퍽퍽퍽!

"크허어억!"

"제기랄! 기마병이다!"

"…모두 다 죽겠군."

자객단은 결사 항전을 벌이려 했으나 이미 전세는 기운 이후였다.

"모두 생포하라."

"예, 폐하!"

칼번의 명령에 따라 생포 작전이 시작되었고, 자객들은 혀 밑에 숨겨둔 맹독 캡슐을 터뜨렸다.

뚜둑!

"쿨럭쿨럭!"

"이, 이런?!"

"…칼번 이 머저리야! 으아아아!"

끝까지 칼번을 모욕하며 죽은 자객들을 바라보며 귀족들은 혀를 내둘렀다.

"독한 놈들이군!"

"…이 시신을 전부 가지고 가서 해체하라. 그리고 그 안에서 단서가 발견된다면 짐에게 즉각적으로 보고하라."

"예, 폐하!"

칼번은 정신을 잃고 쓰러진 에네스를 바라본다.

'그놈 참 물건이로세.'

그는 시종들을 불러냈다.

"여봐라, 부마를 신전으로 옮겨라!"

"예, 폐하!"

아이린은 쓰러진 그를 따라서 신전으로 달려갔다.

"흑흑……."

이미 핏기가 싹 사라진 그였지만, 정작 에네스의 표정은 편
안했다.

제10장
비운아의 도약

아펠트 군도는 아침부터 바쁘게 돌아간다.

"병장기를 다시 한 번 점검하라."

"예, 대장님!"

오늘은 4차 레이드가 있는 날이기에 여느 때와 마찬가지로 군도에는 긴장감이 감돌고 있었다.

하진은 이번 레이드가 가장 중요하다고 역설했다.

"지도상으로 보았을 때 이곳은 사방으로 뻗어 나가기에 아주 유리하고 또 하나의 항구를 확보할 수 있는 기회가 된다. 우리에겐 더없이 소중한 지역이라고 할 수 있지."

그는 이곳의 지명을 버터플라이라고 명명했다.

"버터플라이, 나비라는 뜻이다. 이곳의 지형이 나비처럼 생긴 것도 하나의 이유이지만, 이 지역을 점령함으로써 생겨날 나비효과를 긍정적으로 바라보자는 뜻이다. 알겠나?"

"예, 대장님!"

해리슨이 하진에게 공격대의 준비가 모두 끝났음을 보고했다.

"대장님, 이제 출정하셔도 됩니다."

"그렇군."

그는 공격대의 선봉에 섰다.

챙!

"출정하라!"

뿌우!

출정을 알리는 뿔 나팔이 울려 퍼지자 군도의 곳곳에선 손수건을 흔드는 행렬이 이어졌다.

"흑흑, 잘 다녀와요!"

"부디 몸 건강하시길……!"

오늘의 레이드에 참가한 미샤와 두 명의 신녀는 손수건 행렬과 함께 눈물을 훔쳤다.

"…사람은 왜 헤어졌다 다시 만나야만 하는 걸까요?"

"안 그러면 먹고살 수가 없으니까."

"하여간 무드 없긴……."

"무드가 밥 먹여주지는 않지요."

하진의 썰렁한 농담 덕분에 분위기가 다소 가라앉기는 했지만 레이드는 계속되었다.

대략 네 시간 정도 걸어 네 번째 레이드 지역에 당도한 하진은 이곳에 임시 옹벽을 세우고 진을 치기로 했다.

하지만 병사들은 싸우기도 전에 땀을 한 바가지나 흘리고 있었다.

"허억, 허억! 왜 이렇게 덥지?"

"대장님, 아무래도 이 인근에 온천이 있는 것 같습니다."

"흐음, 이렇게 온천이 많다는 것은 이곳 인근에 활화산이 있을지도 모른다는 소리군."

"화산이라면 상당히 위험한 것 아닙니까?"

"그렇긴 하지만 군도의 섬과 섬은 모두 다 끊어져 있으니 우리가 피해를 입을 일은 없을 거야. 물론 화산이 크게 폭발한다면 얘기는 달라지겠지만."

"땅이 화나지 않도록 기도해야겠군요."

"후후, 땅이 화를 낸다. 맞는 말이군."

맨틀 아래의 마그마가 용천되는 것이 화산 폭발이니 반쯤은 맞는 말인지도 모른다.

한창 옹벽을 쌓고 있던 병사들에게 지진이 감지되었다.

쿠그그그그!

"진짜 땅이 화난 것 같은데요?"

"제기랄, 이게 갑자기 무슨 난리지?!"

하진은 황급히 병사들을 안전 지역으로 옮겼다.

"다리 건너로 후퇴하라!"

"예, 대장님!"

임시 옹벽을 놓아두고 후퇴하던 하진의 뒤로 엄청난 크기의 괴성이 들려왔다.

쿠오오오오오!

"뭐, 뭐지?!"

"고, 골렘?!"

지진이 일어나고 난 후 갑작스럽게 나타난 불길의 골렘들은 거침없이 진군하여 병사들을 향해 돌진하기 시작했다.

쿵쿵쿵!

"빌어먹을! 어서 다리를 건너!"

"달려! 빨리!"

제아무리 탄탄한 장비를 가지고 있다고 해도 이런 엄청난 불길에 닿고도 살아남을 수 있는 사람은 그리 많지 않을 것이다.

하진은 병사들이 다리를 건너자마자 다리를 끊어버리고 제5성채의 문을 굳게 걸어 잠갔다.

쿠웅!

하지만 골렘들의 불길이 닿자 성벽 너머로 불똥이 튀어 올랐다.

화르르르륵!

"부, 불이야!"

"젠장! 바닷물을 이용해서 불을 끈다!"

"대장님, 아무래도 저놈들이 화공을 퍼부어 우리에게 상황이 불리하게 돌아가는 것 같습니다!"

"큰일이군. 아직 공격 포지션도 잡지 못했는데 말이야."

"이젠 어떻게 하지요?"

하진은 결단을 내리기로 했다.

"목욕탕 펌프를 가지고 와서 바닷물을 끌어올린다."

"하지만 이곳은 조류가 약합니다만?"

"물레방아 말고 사람이 펌프질을 하면 된다! 어서 펌프를 옮겨와!"

"예, 대장님!"

그는 골렘에게 포격을 퍼부었다.

"포격 준비!"

철컥!

"발사!"

쾅쾅쾅쾅!

하지만 포격을 맞은 골렘들은 뒤로 살짝 물러날 뿐 아무런 타격도 받지 않는 모양새다.

"…무지막지한 놈들이군."

이제 병사들이 펌프를 가지고 올 때까지 무작정 버티는 수밖에는 없을 것 같았다.

"다리를 조준해라! 제아무리 불길이 거세다고 해도 중심을 잃으면 어쩔 수 없을 것이다!"

"발사!"

펑펑펑!

하진의 예상대로 다리를 맞은 골렘들이 잠시 주춤하며 중심을 잃었다.

쿠웅!

크오오오오오!

하지만 그것은 골렘들을 화나게 하는 역효과를 냈다.

쿵쿵쿵!

"크윽! 성벽을 더욱 거칠게 두드립니다! 놈들이 단단히 화가 났나 본데요?"

"제길, 도무지 답이 없군!"

잠시 후, 병사들이 마차에 매단 펌프를 가지고 왔다.

"대장님! 펌프입니다!"

"어서 호수를 지하 수로에 연결시키고 사람의 힘으로 압력을 가한다!"

"예, 대장님!"

펌프는 압력을 이용하여 물을 빨아 당기는 원리이니 사람이 힘을 주어도 충분히 물을 끌어당길 수 있었다.

슉슉슉슉!

"수압이 올라갔습니다!"

"물대포 발사!"

푸슈우우우우욱!

물대포가 골렘들에게 닿자 거센 불길이 잠잠해졌다.

치이이이이익!

크오오오오!

"효과가 있습니다! 놈들이 하나둘 쓰러지기 시작합니다!"

"좋았어!"

기쁨에 잠긴 하진이 반격을 준비할 때쯤, 그에게 절망의 그림자가 드리워져 왔다.

쿵, 쿵, 쿵!

"지, 진동이 너무 센데요?"

"뭐지?"

하진은 눈을 비비며 먼 곳을 바라보았다.

크르르르릉!

그는 자신의 눈을 의심했다.

"드, 드래곤?"

"드래곤이요?!"

"…제기랄, 내가 헛것을 본 것이겠지?"

네이튼은 고개를 가로저었다.

"차라리 그랬으면 좋겠군."

"대장님! 드래곤입니다! 전방에 드래곤이 나타났습니다!"

드래곤은 190Lv의 보스 몬스터로 발록과 데몬을 뛰어넘는 엄청난 생명체이며 수많은 유저와 npc들을 무차별적으로 사냥한다.

무한의 영주에서 드래곤은 절대적인 존재로 유저 3천 명이
덤벼야 간신히 잡을 수 있는 대단한 몬스터였다.

만약 이곳에 드래곤이 나타났다면 더 이상의 농성은 소용
이 없을 것이다.

하진은 당황한 마음을 가까스로 다잡고 드래곤을 자세히
살폈다.

크아아아아아앙!

"크기가 작아. 게다가 날개도 없고."

"그럼 저것은 뭘까요?"

"레서 드래곤, 아마도 레서 드래곤인 것 같군."

"그렇다면 진짜 드래곤은 아니라는 소리군요? 다행 아닙니
까?"

"…그렇기는 하지만 레서 드래곤 역시 레벨 100이 넘을 것
인데."

"그, 그런 말도 안 되는 일이……?"

레서 드래곤은 비행 능력과 마법을 사용하지 못할 뿐, 신체
능력은 거의 드래곤과 비슷한 수준이다.

다만 하진의 앞에 있는 레서 드래곤의 크기가 아주 작다는
것이 그나마 위안이 되었다.

'대략 70~85Lv 사이가 되겠군. 이러나저러나 힘든 싸움이
되겠어.'

하진은 포격전을 준비했다.

"포격 준비!"

끼릭, 끼릭!

병사들이 포격을 준비할 때쯤, 레서 드래곤이 다시 한 번 포효했다.

크아아아아앙!

그러자 주변에 있던 골렘들이 색을 바꾸었다.

꽈드드드드득!

"냉기?!"

"대장님, 골렘들이 얼음으로 변했습니다!"

"빌어먹을, 저놈이 골렘들의 보스인 모양이군. 그렇다면 골렘들의 속성이 자유자재로 변할 수 있다는 소리 아닌가?!"

"어, 어쩌지요?!"

"어쩌긴, 싸워야지."

하진은 발사할 것을 명령했다.

"발사!"

펑펑펑!

콰앙!

포탄이 날아가 골렘을 들이받았지만 얼음이 포탄을 튕겨냈다.

까앙!

"비, 빗나갑니다!"

"제기랄! 놈은 지금 어떤 골렘을 사용해야 효과적인지 알고 있는 거야!"

하진은 절체절명의 위기에 봉착하고 말았다.

*　　　*　　　*

아펠트 군도의 수풀 속.

파바바밧!

긴 생머리에 뾰족한 귀를 가진 사람들이 멀리서 레서 드래곤의 등장을 지켜보고 있었다.

"기어이 놈이 깨어났군."

"저 인간, 대단하긴 하지만 너무 성급했어. 아무리 봐도 레서 드래곤과 싸워서 이길 수 있을 것 같지가 않은데 말이야."

"하지만 어쩌겠어? 저들도 다 생존을 위해서 선택한 것일 텐데."

"우리는 어떻게 해야 하지? 저들을 도와주어야 하나?"

"잘못 도와주었다가는 우리까지 전멸할 수 있어. 이런 일에는 신중에 신중을 기할 필요가 있어."

"그렇긴 하지만……"

"이봐, 레트먼. 네 마음은 잘 알지만 엄연히 따지자면 저들이 몬스터들과의 균형을 깬 거야. 마법사가 만들어놓은 힘의 균형을 저들이 깨놓았다는 소리야."

"……."

"나도 사람이 죽는 것은 달갑지 않아. 하지만 어쩌겠어? 이게 순리인 것을."

"흐음, 너는 참으로 냉정하구나. 나는 그렇지가 못한데."

"그래서 집단에는 수장이 있는 거야. 내가 그 역할을 맡은 것이고."

"그래, 다행이야. 우리 집단에 너와 같은 사람이 있으니 말이야."

"사람이 살아남자면 누구나 한 명쯤은 이렇게 독한 이가 있어야 한다고 촌장님께서 말씀하셨지."

"아무튼 네 뜻은 잘 알았어. 그럼 우리는 이만 돌아가 볼게."

"그래."

레트먼은 50명의 동료들과 함께 나무를 타고 다시 온 길로 사라졌다.

파바바밧!

홀로 남은 그는 멀리서 벌어지는 전투의 향연을 그냥 가만히 바라보고만 있었다.

*   *   *

아케인트 왕성에 침입한 자객들이 모두 정리된 후 일주일이라는 시간이 흘렀다.

짹짹!

에네스는 일주일이 꼬박 지난 아침이 돼서야 눈을 떴다.

"으음……."

"정신이 좀 들어요?"

"여긴 어디입니까?"

"아슈펠트 별궁입니다. 왕족이나 고관대작들이 위중해지면 이곳으로 모십니다. 한마디로 부마께선 폐하께 왕족으로서 인정을 받았다는 뜻이지요."

"부마라……."

에네스를 간호하던 사제의 뒤로 아이린이 다가왔다.

"쿵쿵, 괜찮습니까? 다친 곳은 없어요?"

아이린은 사제들에게 나가 있을 것을 명령했다.

"다 나가주세요."

"예, 마마."

이윽고 그녀는 에네스의 손을 꼭 잡았다.

"쿵쿵, 내 비록 이런 모습이지만 언젠가는 당신께 꼭 어울리는 여자가 될 겁니다. 당신 역시 한 나라의 권력가가 되어 있을 것이고요."

"……."

"나를 지켜주어서 고맙습니다. 당신이 내 목숨을 지켜주었으니 나 역시 당신의 목숨을 지켜줄 것입니다."

"감사합니다. 하지만 당신을 지킨 것은 남편으로서 해야 할 도리를 다한 것뿐입니다. 그러니 너무 괘념치 말았으면 좋겠습니다."

아이린은 황급히 고개를 돌렸다.

"…고마워요."

"우시는 겁니까?"

"그냥 좀 눈물이 나네요."

에네스는 자리에서 일어나 그녀의 어깨를 손으로 잡았다.

"괜찮아요?"

"……."

"울 필요 없습니다. 이깟 상처, 내 동족들은 수백 번도 더 당했을 텐데요."

그녀가 입을 열려는 순간, 에네스가 먼저 말을 뱉었다.

"물론 나는 이제부터 내 동족에 대해 생각하지 않을 겁니다. 나는 이제 아케인의 왕족이니까요."

그제야 아이린이 만족스럽다는 듯 웃었다.

"그래요, 당신은 그렇게까지 어리석은 사람이 아니에요. 몸은 좀 험하게 다루지만."

"당신이 나를 부마로 선택한 만큼 나도 당신에게 걸맞은 사람이 되기 위해 노력할 겁니다."

그는 아이린에게 몇 가지 부탁을 했다.

"왕녀님, 나에게 검술을 가르칠 사람을 좀 붙여줘요."

"검술이요?"

"왕성에서 검술을 배우긴 했지만 우리 왕국의 검술은 미천하기 짝이 없더군요. 이번 싸움으로 인해 뼈가 저리도록 느꼈습니다. 내가 얼마나 약한 사람인지를요."

그녀는 흔쾌히 고개를 끄덕였다.

"좋아요. 당신에게 우리 궁정기사단의 검술 사범을 붙여주겠습니다."

"감사합니다. 하지만 이것만으론 내가 강해질 수가 없어요."

"그럼요?"

"학자들과 사제, 마법사들도 초빙해 주십시오. 하루 종일 공부만 하면서 살다가 당신이 필요할 때엔 꼭 빛을 발하겠습니다."

그녀는 결연한 표정을 지었다.

"좋아요. 나 역시 당신을 최대한 내조하면서 아름다움을 되찾는 방법에 대해서 알아볼게요. 그동안은 부마를 얻겠다는 생각을 포기하면서 살았지만 이제는 아니에요. 당신에게 도움이 될 만한 아름다움과 지성을 갖추겠어요."

"고맙습니다."

그는 아이린의 손을 잡았다.

"앞으로 우리는 백 년 동안 해로할 겁니다. 당신은 그저 나만 믿고 따라오면 됩니다. 나 역시 당신만 믿고 따를 테니 우리는 서로가 서로를 지켜주어야 합니다. 아시겠죠?"

"물론이죠."

에네스는 아이린을 꼭 끌어안았다.

"지금 당장 사랑한다고 말할 수는 없습니다만, 나는 당신을 믿습니다."

"저도요."

에네스는 아이린을 침대 위로 올려 부부의 관계를 맺었다.

*　　　*　　　*

며칠 후, 아케인트 왕성에서 성대한 국혼식이 열렸다.

빠바바밤, 빠바바바밤!

"부마도위와 제5공주 마마께서 입장하십니다!"

짝짝짝짝!

"백년해로하소서, 마마!"

"부마도위 천세, 천세!"

부마는 다른 가문의 남자이지만 엄연히 따지자면 왕실의 존속이기 때문에 천세를 누릴 권리가 있다고 믿는 아케인 왕국이다.

그래서 지금 부마도위가 된 에네스는 일정한 권력과 권위를 얻었다고 볼 수 있었다.

국왕 칼번이 그의 어깨에 예검을 가져다 댔다.

스릉!

"아케인 왕국의 국왕으로서 명하노라! 에네스에게 부마도위의 위를 내리고 스판테노의 성을 하사한다!"

"성은이 망극하옵니다!"

"에네스 스판테노 경은 들으라! 내 그대에게 내 딸을 맡김과 동시에 백작의 작위를 하사한다! 이 작위를 통하여 왕실의 안녕과 번영을 꾀하는 진짜 충신이 되어라!"

"망극, 또 망극하옵니다!"

그는 에네스의 어깨에 아주 작은 상처를 냈다.

촤락!

"……."

"스판테노 경의 어깨에 왕족의 인장을 새기노라!"

"천세, 천세, 천천세!"

칼번은 에네스의 어깨에 난 상처 안에 금색 잉크를 집어넣었고, 그 잉크는 마법과 어우러져 금색 독수리의 형상을 만들어냈다.

치이이이이익!

"……."

이를 악물고 어깨가 불타는 고통을 참아낸 에네스는 칼번의 손을 잡고 자리에서 일어섰다.

그는 에네스의 손을 들어주었다.

"스판테노 백작이다!"

"와아아아아아!"

에네스는 망국의 왕세자에서 아케인 왕국의 백작으로 거듭
났다.

* * *

4차 레이드의 격전지 '버터플라이'가 피바다로 물들었다.

크아아아아앙!

콰앙!

"크허억!"

"물러서지 마라! 포수들과 궁수들은 골렘이 아니라 드래곤
을 노려라! 골렘은 보병이 맡는다!"

방패를 손에 쥔 하진은 옹성 밖으로 보병들을 이끌고 나갔
다.

"대열을 유지하라! 대열이 흐트러지면 모두 다 죽는다!"

"예, 대장님!"

이제 디펜더에서 탱커로 전직한 보병들은 고유 스킬 상승
에 대한 시너지로 반 무적 상태로 돌입하는 업그레이드 실드
를 취득했다.

4열로 몸을 밀착시킨 탱커들은 제1열과 4열이 업그레이드
실드를 치는 동안 마나를 축적하고 체력을 보충했다.

그러다가 1열과 4열의 실드가 다하면 2열과 3열이 교대하여
무적의 방어진을 유지하는 것이 탱커의 유일한 전술이다.

하진은 탱커들이 업그레이드 실드를 시전하는 동안 골렘들의 공격권으로 직접 들어갔다.

"라이트닝스톰을 일으킬 것이다! 모두 주의하도록!"

"예!"

끼릭.

방패를 팔에 딱 달라붙도록 손잡이를 갑박에 단단히 고정시켰다.

"후우……."

그리고 철벽 스킬을 시전하여 온몸에 어빌리티를 강림시켰다.

고오오오오오오!

슈가가가가가각, 퍼엉!

그의 머리 위로 은은한 빛의 방패 문양이 자리를 잡았다.

하진은 그대로 적진을 향해 돌격했다.

"자, 덤벼라!"

콰앙!

골렘들의 공격이 사방에서 날아와 하진의 몸을 마구 타격했다.

콰앙!

흙먼지로 인해 하진의 몸이 보이지 않을 정도로 마구잡이식 타격이 계속되었지만, 하진은 그 공격을 고스란히 다 맞아주었다.

퍽퍽퍽퍽!

"대, 대장님!"

"대열을 유지해!"

"하, 하지만 대장님이⋯⋯."

"다 생각이 있어서 그런 것이다! 어서 대열을 유지해!"

네이튼의 호통에 다시 대열로 돌아온 병사들은 초조한 눈
빛으로 하진을 바라보았다.

하지만 그 초조함은 이내 희열로 바뀌었다.

파지지지지직, 콰아아아아앙!

쾅쾅쾅쾅!

사방으로 퍼지는 라이트닝스톰은 골렘들이 준 타격 이외에
그 주변에 생긴 파편들이 만들어낸 공격에도 반응하여 받은
만큼 처절하게 돌려주고 있었다.

치지지직, 치지지직!

아직도 잔류가 흐르는 먼지 구덩이에서 일어선 하진이 외쳤
다.

"포격을 드래곤에게 집중시켜라!"

"예, 대장님!"

"탱커, 집결! 다시 방어진을 펼친다!"

"예!"

하진은 다시 탱커의 진영 안으로 들어가 체력을 보충했다.

"꿀꺽꿀꺽!"

"크헉, 크헉!"

"괜찮나?"

"특제 포션이 있어서 괜찮아. 후우, 하지만 그래도 압력을 너무 많이 받아 스태미나가 빨리 소모되는 것 같더군."

"적이 크기 때문이겠지. 아무튼 이번 전술은 대성공이다. 내 눈에는 그렇게 보여."

"후후, 고맙다, 네이튼."

이제 하진은 두 번째 출격을 앞두고 있었다.

"전기 통구이를 만들어주마!"

마력과 체력이 고갈되지 않는 한 계속하여 사용할 수 있는 철벽의 위력은 아마 레서 드래곤도 제압할 수 있을 것이다.

하지만 이런 무적 스킬에도 한 가지 문제점이 있었다.

그것은 바로 철벽의 딜레이 시간이었는데, 스킬이 딜레이되는 시간은 고작 1초에 불과하지만 이 딜레이는 시전 직전에 적용된다.

때문에 만약 하진이 딜레이에 걸려 있을 때 공격이 들어온다면 그의 생사를 장담하기가 힘들어진다.

'인생은 한 방이다! 어차피 내가 실패하면 다 죽어!'

그는 두 번째 출격을 외쳤다.

"간다!"

"대장님을 엄호하라!"

후방에서의 원거리 사격이 쏟아져 내리는 동안 하진은 방패를 곧추세우고 전력을 다해 질주했다.

파바바바밧!

"탱커, 후방에서 대기한다!"

"예!"

"덤벼라, 이 도마뱀 자식아!"

하진은 다시 한 번 철벽을 시전했다.

딸깍!

그가 날아감과 동시에 시작된 딜레이는 그의 상태를 아주 잠깐이나마 무방비로 만들어냈다.

'1초다! 부디……'

바로 그때, 하진의 귓전을 울리는 불길한 소리가 있었다.

촤좌자자자자장!

레서 드래곤의 주변으로 엄청난 양의 전류가 흘러들더니 이내 그것이 입 쪽으로 모여들기 시작한 것이다.

크오오오오오오오!

"이, 이런 제기랄!"

놈은 라이트닝스톰이 만들어낸 엄청난 양의 마나를 고스란히 응축시켜 자신의 입에 머금었다. 그리고 그것을 한꺼번에 토해내면서 자신이 가지고 있던 고유의 마력을 불어넣어 작지만 강력한 드래곤 브레스를 형성시킨 것이다.

이제 이것이 지나가는 자리에 있는 모든 것은 무의 상태로 돌아가게 될 터였다.

"모두 피해!"

"대, 대장님?!"

"어서……."

하진이 경고를 하기도 전에 드래곤은 자신의 모든 것을 일직선으로 쏘아 보냈다.

쿠르르르, 크아아아앙!

푸하하하하하, 콰앙!

빠지지지직!

전류와 폭발이 동시에 직선상의 모든 것을 불태우며 쏘아져 나갔다.

"끄아아아악!"

"제기랄!"

철벽이 이제 막 시전되려는 상황에 브레스가 터져 버려 그의 캐스팅이 취소되면서 병사의 절반이 죽어나갔다.

하진은 전기에 타 죽어버린 병사들을 바라보며 오열했다.

"…안 돼!"

크르르르릉!

"이런 빌어먹을 개새끼야! 죽어라!"

흥분한 하진이 레서 드래곤에게 달려들려 하자, 그의 측근들이 팔과 다리를 붙잡고 말렸다.

"그만, 그만하게!"

"놓으십시오! 저놈을 포를 떠버릴 것입니다!"

"책임자인 자네가 흥분하면 우리는 어쩌라는 것인가?!"

바로 그때, 미샤가 하진에게로 다가왔다.

짜악!

"으윽!"

"정신 차리세요. 지금은 전시입니다. 지휘관이 평정심을 잃으면 병사들이 동요해요."

그제야 정신이 멀쩡해진 하진은 무심결에 주변을 둘러보았다.

"……."

"대장님, 명령을!"

"…미안하다, 제군들! 내가 잠시 미쳤었다!"

병사의 절반을 잃기는 했지만 아직까지 승리의 불꽃이 꺼진 것은 아니었다.

"…씹어 먹어도 시원찮을 도마뱀 같으니, 가만히 내버려 두지 않겠다!"

하진은 작전상 후퇴를 명령했다.

"전열을 가다듬고 다시 집결한다! 옹성 안으로 후퇴하라!"

"후퇴하라!"

병사들은 죽은 동료들과 병장기를 챙겨 옹성 안으로 신속하게 후퇴하였다,

*　　　　*　　　　*

늦은 오후, 레서 드래곤은 죽은 골렘들을 되살리는 마법진을 가동시키느라 정신이 없었다.

우우우우웅!

엠블라는 레서 드래곤의 마력이 골렘들을 모두 다 되살리는 데 걸리는 시간은 대략 10~12시간쯤 될 것이라고 예상했다.

하진은 앞으로 열 시간 안에 모든 것을 해결하지 않으면 아펠트 군도 전체가 날아갈 것이라는 것을 잘 알고 있었다.

하지만 놈을 쓰러뜨릴 뾰족한 수가 없었다.

"큰일이군. 설마하니 철벽이 저런 식으로 흡수당할 줄은 꿈에도 몰랐습니다."

"우리가 자네의 능력에만 너무 의존한 것이 잘못이지."

"어떻게 해야 놈들 쓰러뜨릴 수 있을지 감이 오지 않는군요."

엠블라는 하진에게 한 가지 제안을 했다.

"드래곤의 심장은 역린이라 불리는 부드러운 비늘로 덮여 있습니다. 이는 비늘이 반대로 나 있기 때문인데, 이것은 손으로도 쉽게 들어 올릴 수 있다고 합니다."

"그게 정말입니까?"

"고대의 문헌에서 잠깐 본 것이지만 헛소리가 적혀 있을 만한 서적은 아니었습니다."

"흐음……."

"만약 대장님께서 놈의 역린을 들어 올려 심장을 노출시킬 수 있다면 케레니슨의 저격이 빛을 발할 겁니다."

"그렇다면 비늘을 들어 올리는 데 걸리는 시간은 어떻게 해결하지요?"

"최대한 빨리 움직이는 수밖에요."

다소 위험해 보이긴 하지만 성공했을 경우엔 앞으로 길고 긴 생존이 보장되는 셈이다.

하진은 그녀의 제안을 받아들였다.

"좋습니다. 제가 놈의 비늘을 잡고 들어 올리겠습니다."

"괜찮으시겠습니까?"

"물론입니다. 이것밖에 방법이 없다고 한다면 당연히 내가 실험을 해봐야지요."

그는 케레니슨에게 웃으며 말했다.

"너를 믿는다. 날아가던 모기도 맞추는 놈이 혹시나 실수하지는 않겠지?"

"쏘기 전에 죽지나 마라."

"후후, 물론이지."

하진은 측근들과 병사들을 이끌고 두 번째 목숨을 건 사투를 준비했다.

"가자!"

"예, 대장님!"

잘못하면 마지막 진군이 될 수도 있겠지만 병사들은 죽은 전우들을 생각하며 발걸음을 옮겼다.

드래곤의 공격이 멈춘 지 세 시간 후, 하진은 방패를 들고 옹성 밖으로 나왔다.

끼이이익!

"보병, 진군!"

척척척!

탱커들이 열을 맞추어 진군하는 동안 하진은 미리 마나 포션과 체력 포션을 개봉해 두었다.

"후우, 긴장되는걸."

"잘하실 수 있을 겁니다."

"후후, 고마워."

이제 남은 것은 하진이 일사불란하게 처치를 얼마나 잘하느냐에 달려 있었다.

하진은 돌격을 준비했다.

척!

"간다!"

파바바밧!

힘차게 땅을 박차고 오른 하진은 레서 드래곤의 왼쪽 심장을 향해 달렸다.

"이놈, 이번에야말로 죽여주겠다!"

하진이 손을 뻗자마자 꼬리를 휘두르는 레서 드래곤, 그는 미리 철벽을 시전했다.

슈우우우욱, 퍼엉!

"됐다!"

이번에는 타이밍이 제대로 맞아 레서 드래곤의 공격이 고스란히 돌아가 놈의 명치를 가격했다.

콰앙!

빠지지지지직!

크아아아아앙!

"지금이다!"

하진은 레서 드래곤의 왼쪽 가슴의 비늘을 힘껏 위로 들어 올렸다.

"끄으으으으웅!"

촤라라락!

비늘이 조금씩 들리면서 드래곤의 혈액이 아주 조금씩 밖으로 새어 나왔다.

"돼, 됐다! 케레니슨!"

"…알겠다."

케레니슨은 심호흡을 하여 마음속에 있는 잡생각을 모두 밀어냈다. 그리고 잠시 후 그는 장전을 마치고 조준을 끝냈다.

철컥!

"쏜다!"

퍼엉!

마력이 담긴 탄환이 드래곤의 심장을 향했다.

쐐에에에에엥!

이제 이 탄환이 심장에 적중하기만 하면 모든 것은 끝날 것이다.

하지만 애석하게도 하늘은 그들의 편이 아닌 모양이었다.

끼이이이이잉!

"뭐, 뭐지?!"

"요, 용언?!"

"용언이요?"

"저도 고대 서적에서만 보아 온 것인데, 용족은 그들만의 언어인 용언을 사용하여 실드를 펼치고 최강의 어빌리티를 선사 받는다고 합니다."

"그렇다는 것은······."

"저놈이 극강의 실드를 펼쳤다는 뜻이지요."

잠시 후, 그녀의 예상대로 드래곤의 실드가 총알을 흡수했다.

슈가가가가가각!

"어, 어어······?!"

"대장님, 피하십시오!"

이미 하진의 무적 시간은 끝이 났고, 놈은 흡수한 총알과 아까 전의 라이트닝 스톰을 한꺼번에 입에 머금었다.

크후우우우우욱!

찰나의 순간, 하진은 자신이 반드시 죽을 것이라고 확신했다.

'제기랄, 다 산 모양이다.'

이윽고 드래곤의 브레스가 하진을 덮쳐왔다.

크아아아아앙!

콰아아앙!

"안 돼!"

"대장님!"

하진의 온몸이 뇌전과 폭음에 휩싸여 그 형상을 찾을 수 없게 되었다.

*   *   *

늦은 밤, 에네스가 왕정기사단 검술사범 레피트와 함께 있다.

까앙!

"으윽……."

"근력이 약하군요. 검의 길을 보는 눈도 트이지 않았고요. 무엇보다 검을 움직일 때의 집중력이 떨어집니다. 이대로는 검을 배울 수 없어요."

"아, 아닙니다! 노력하면 분명히……."

"부마님의 나이가 올해로 몇이시지요?"

"……."

"검술은 태어나면서부터 배워야 20대에 비로소 기초가 잡
힙니다. 부마님의 경우엔 이미 모든 기반이 완성되었다는 뜻
입니다."

"…그렇다면 이제 저는 더 이상 검을 배울 수 없다는 말인
가요?"

"자질이 없는 한 어렵겠군요."

"……."

레피트의 역설을 엉뚱한 방향으로 뒤집는 목소리가 있었
다.

"궁술을 배우는 것은요?"

"…레릭?"

왕정궁술단 궁술사범 레릭이 에네스를 바라보며 말했다.

"혹시 부마님께선 활을 쏘아본 경험이 있으신지요?"

"물론입니다."

"그럼 한번 쏴보시겠습니까?"

그는 자신의 몸보다 더 큰 대력궁을 에네스에게 건넸다.

에네스는 태어나 이렇게 큰 활은 본 적이 없기 때문에 입을
떡하니 벌릴 수밖에 없었다.

"이, 이건……."

"기수들이 사용하는 대력궁입니다. 주로 전쟁에서 신호를

주는 데 사용되지요. 사거리가 일반적인 활에 비해 열 배나 길고 위력 역시 대포에 견줄 정도예요."

"하지만 제가 이것을 쏠 수 있을까요?"

"활은 눈만 뜨여 있다면 얼마든지 쏠 수 있습니다. 한번 쏘아보세요."

그는 자세를 잡고 대력궁의 활시위를 당겼다.

꽈드드드득!

"으으으윽!"

온몸의 힘을 다 주어도 대력궁을 쏘기엔 무리였는지 그는 이내 바닥에 축 늘어지고 말았다.

레피트는 고개를 가로저었다.

"대력궁은 어깨가 극으로 발달된 기수들이 사용하는 물건입니다. 기사들조차 사용하기를 꺼리는 물건이라고요."

"…하지만 할 수 있습니다."

"후우, 더 이상 무리하면……."

에네스는 발로 활을 고정시킨 후 두 손으로 활시위를 당겼다.

꽈드드드득!

"허, 허어!"

"이가 없으면 잇몸으로!"

그는 한 손으로 쏘는 것보다 훨씬 더 정밀하게 조준하여 과녁으로 화살을 날렸다.

피융!

모두가 숨을 죽이고 쳐다보던 가운데 그의 화살이 과녁을 뚫고 지나갔다.

빠악!

"…명중이군요."

"역시 내 예상이 맞았습니다. 부마께선 집중력이 없는 것이 아니라 검에 특화되지 못한 것뿐입니다. 대력궁을 두 발로 쏴서 이렇게까지 정밀하게 조준할 수 있는 사람은 그리 많지 않을 겁니다."

"그렇다면……."

"활을 배우십시오. 아니, 활을 비롯한 원거리 무기를 익혀서 보다 강력한 사람이 되면 됩니다."

그는 고개를 끄덕였다.

"좋습니다. 그럼 검 대신 다른 것을 배우겠습니다."

"잘 생각하셨습니다."

에네스의 눈에 이채가 서렸다.

＊   ＊   ＊

늦은 밤, 아펠트 군도의 병사들이 축 처진 어깨를 하고 옹성 뒤에서 대기하고 있다.

"……."

"대장님께선 정말로 돌아가신 걸까?"

"글쎄, 아직까진 모르는 일이지."

병사들이 하진의 걱정으로 한숨을 몰아쉬고 있을 때, 저 멀리에서부터 밝은 빛이 내려오고 있다.

지이이이잉!

"저, 저게 뭐지?"

"…어디선가 많이 본 것 같은데?"

불안한 기색의 병사들, 그들은 저것이 과연 무엇을 의미하는지 금세 깨닫게 되었다.

고오오오오오!

"브, 브레스?!"

"큰일이다! 공습이야! 어서 일어나!"

땡땡땡땡!

드래곤의 공습이 이어진다는 경고음이 들리자, 잠시 휴식을 취하고 있던 병사들이 자리에서 벌떡 일어섰다.

"바, 방어진을 펼쳐라!"

촤라라라락!

탱커들은 스스로 오늘의 자신이 내일엔 보이지 않을 것이라 확신했다.

'그래, 우리는 다 죽었다!'

하지만 그들의 확신은 착각에 불과했다.

슈우우웅, 콰앙!

까앙!

드래곤의 브레스를 방패로 쳐낸 후 거친 숨을 몰아쉬는 사내가 그들의 앞에 서 있다.

"허억, 허억!"

"대장님?!"

"…빌어먹을 도마뱀 같으니! 전원 기상! 모두 돌격한다!"

병사들은 다 죽어가는 모습의 하진을 바라보며 전열을 가다듬었다.

"돌격 준비!"

척!

"돌격!"

"와아아아아아!"

하진은 탱커들에게 일제히 업그레이드 실드를 시전하도록 명령했다.

"방패진!"

끼이이이잉!

그는 방패진을 밟고 올라 드래곤의 비늘을 향해 손을 뻗었다.

"흥, 이번에는 실패하지 않을 것이다!"

하진은 철벽 없이 드래곤을 향해 달려갔고, 놈은 하진에게 남은 브레스를 모두 쏘아냈다.

크아아아아앙!

순간, 하진의 몸에 브레스가 닿자마자 그의 신체가 브레스를 튕겨냈다.

까앙!

"저, 저건⋯⋯?!"

"이놈, 잡았다!"

드래곤은 하진의 고유 스킬 중에서도 물리공격계 스킬인 반사와 스턴이 있다는 것을 알아채지 못했다.

철벽이 시전될 때엔 그 효과가 극히 적었지만 맨몸으로 부딪쳤을 때엔 얘기가 달랐다.

콰앙!

크, 크아아앙!

"허억, 허억! 이런 도마뱀 자식! 밟아!"

"와아아아아아!"

병사들이 드래곤을 가차 없이 난도질하기 시작한다.

그리고 잠시 후, 하진이 드래곤의 목덜미의 작은 틈 사이로 창을 찔러 넣었다.

푸하아아악!

끄아아앙!

털썩!

드래곤은 그 자리에 숨을 거둔 채 쓰러졌고, 드디어 끝날 것 같지 않던 전투가 마무리되었다.

"이, 이겼다!"

"와아아아아아!"

병사들의 함성이 하늘에 닿는 것 같았다.

*   *   *

전투가 끝난 후, 하진은 죽은 병사들의 시신을 수습하는 중이다.

"흑흑! 여보!"

"……"

미망인들이 병사들의 시신을 잡고 오열하는 광경이 이곳저곳에서 펼쳐졌다.

하진과 군부는 무거운 마음을 금할 길이 없었다.

"…참사다. 대참사가 일어났어."

"이런 일이 일어날 줄은 꿈에도 몰랐다. 다 내 불찰이야."

고개를 숙인 하진, 그의 눈에서 눈물이 한 방울 떨어질 무렵이다.

"대장님! 이곳으로 좀 와보셔야겠습니다!"

"무슨 일인가?"

병사의 부름에 현장으로 달려간 하진은 놀라운 광경을 목격하게 되었다.

스스스스스.

드래곤의 시신이 녹아 점점 하나의 결정을 이뤄갔고, 그 결정체는 거친 바람을 불러일으켰다.

고오오오오!

"으으으윽!"

잠시 후, 결정체가 흙과 먼지를 몰아내고 2미터 아래에 묻혀 있던 재단을 출토해 냈다.

"이, 이건……."

하진은 재단 위에 드래곤의 결정을 올려놓았다.

우우우우웅!

드래곤의 결정이 닿자마자 곧바로 반응한 재단은 아펠트 군도의 전역을 진동시켰다.

쿠구구구구궁!

"대, 대장님!"

"뭐, 뭐야? 어떻게 된 일이지?"

본능이 시키는 대로 움직였다가 군도 전체를 진동시킨 하진은 간이 콩알만 해졌다.

그런 그에게 한 여자가 빛으로 변하여 다가왔다.

―패왕의 인장을 가진 주인이 여기에 있었다니, 놀랍기 그지없군요.

"누구……?"

―피가 터지게 싸운 당신, 보상을 받을 자격이 있습니다.

순간, 그녀의 빛 무리가 죽은 시신들을 감싸더니 싸늘하게 식은 숨결에 온기를 불어넣었다.

―후욱!

"쿨럭쿨럭!"

분명히 전사한 병사들이 멀쩡하게 살아나기 시작했고, 미망인들은 기쁨에 겨운 비명을 질렀다.

"어머나! 여보! 흑흑!"

"내, 내가 살았어?"

"그래요! 살았어요!"

하진은 자신의 부하들을 살려준 그녀를 바라보았다.

"당신은……?"

―나는 드래곤의 전령입니다. 이 마을을 관장하던 영혼석의 주인이지요. 방금 전 당신이 사용한 것은 드래곤의 영혼석입니다.

"드래곤의 영혼석이라……."

그녀가 하진에게 손을 뻗었다.

―자, 함께 가시죠.

그는 의문의 여인을 따라 아펠트 군도의 재단 안쪽으로 향했다.

외전
실종자

이른 여름, 하늘에서 한바탕 비가 쏟아져 내리고 있다.

쏴아아아아!

김연석 경감은 방산동의 구옥을 돌아다니는 중이다.

"…흔적도 없이 증발했다. 사람이 흔적도 없이 증발하는 것이 가능한가?"

"이론적으론 말도 안 되는 얘기지요. 하지만 실제로 이런 사건이 일어났다는 것이 중요한 일이겠지요?"

"한 사람이 서른 명이나 죽이고 도주했다."

서울 동대문 경찰서 김연석 경감은 바로 어제까지만 해도 멀쩡하게 통화한 친구 하진의 흔적을 따라가고 있었다.

어제저녁 하진과 통화하던 김연석은 그가 정체불명의 사체 업자들과 조우한 정황을 수화기 너머로 전해 들었다.

재빨리 해당 관할서로 연락을 취하여 경찰들을 파견했지만 이미 상황은 종료된 후였다.

사방에 널린 시체들은 하나같이 처참하게 절단되어 있었고 몇몇 시신에선 두개골 함몰 증상이 보였다.

부검의가 말하길, 이번 사건은 도무지 인간의 소행이라곤 보이지 않을 정도로 놀라운 면이 많다고 했다.

우선 피의자로 지목된 하진의 피가 상당히 많이 고여 있어서 그의 목숨이 온전한지도 의문이고 사람들의 몸을 이렇게 예리하게 절단하는 것도 쉬운 일이 아니다.

더군다나 한 사람이 서른 명이나 되는 사람의 목숨을 앗아갈 수 있느냐가 문제였다.

김연석 경감은 폴리스 라인 근처로 모여든 해당 관할서 관계자들에게 소견을 물었다.

"만약 제 친구가 살아서 이곳을 나갔다면 과연 어디로 나갔을까요?"

"그것 참 아이러니한 일이 아닐 수 없네요. 이곳은 한쪽으로밖에 나갈 수 없는데 문의 손잡이에는 사망자들의 지문밖에 남아 있지 않았습니다."

"용의자가 지문을 지웠을까요?"

"지문을 지워놓고 나갔을 가능성도 있겠지만 상식적으로

생각해 보면 죽은 사람들의 지문만 문에 묻어 있다는 것이 좀 이상하지 않습니까? 더군다나 시신들은 전부 다 잘게 썰려서 이곳까지 기어올 수도 없는데요."

"뭔가 앞뒤가 맞지 않는 사건이군요."

"그래서 일단 연하진 씨를 용의선상에 올리긴 했습니다만 그렇다고 그를 유일한 용의자로 특정 짓기는 힘들겠습니다."

"그렇군요."

불행 중 다행이라는 말을 이럴 때 쓰는 것일까?

하진 혼자 이 많은 사람을 죽이고 도망쳤다고 보기엔 뭔가 말이 되지 않는 부분이 많다는 것이 해당 서의 입장이었다.

이렇게 되면 하진을 용의자로 보기엔 힘들지만 함께 공격을 당해 피해를 입은 공동피해자로 볼 수는 있을 것이다.

하지만 그렇다고 해도 하진만 이곳에서 사라진 것은 그가 유일한 생존자이며 용의자가 될 수 있다는 소리이기도 했다.

"…뭐가 뭔지 하나도 모르겠군."

"우선 좀 기다려 보시지요. 부검 결과가 나올 테니 그것을 보면서 다시 얘기하시죠."

"감사합니다."

해당 관할서의 협조를 받아 수사에 참관하고 있긴 하지만 자세한 정보는 거의 듣지 못한 상태라서 하진에 대해서 뭔가를 확실시하지는 못하는 연석이다.

"…답답하군."

그는 터덜터덜 걸어 하진의 집을 나섰다.

*　　　*　　　*

늦은 밤, 연석이 한 고급 요정을 찾았다.

디링!

이곳은 대한민국 1%라고 불리는, 소위 '금수저'들을 위한 곳
이기에 아무나 드나들 수 없었다.

하지만 연석은 아주 자연스럽게 요정 안으로 들어섰다.

"주인장 좀 볼 수 있습니까?"

"어디서 오셨지요?"

"연하진 소령의 지인입니다."

"잠시만 기다려 주시지요."

요정의 접객을 담당하던 여인이 어디론가 들어가고, 대략
10분쯤 지나서야 수려한 외모의 한 여인이 나타났다.

"오랜만이군요?"

"잘 지냈습니까?"

"그냥 그럭저럭 살아가는 것이죠. 김 경감님은 어떻게 지내
셨나요?"

"살아도 사는 것이 아니죠. 하진이 그렇게 사라졌는데 제가
멀쩡할 리가 있겠습니까?"

"…유감이군요."

"그건 저도 할 말입니다."

"……"

이곳 요정의 주인은 하진이 중위에서 대위 시절까지 만난 명선미라는 사람이었다.

그녀는 최근까지 하진과 연락을 주고받았기 때문에 뭔가 수사에 도움이 될 것이라고 생각한 연석이다.

하지만 그녀는 하진과 아주 오래전에 연락을 끊은 사람처럼 행동했다.

"뉴스를 통해서 듣긴 했는데, 하진 씨가 정말 서른 명을 죽이고 도주한 것인가요?"

"자세한 것은 아직 잘 모릅니다. 그저 그곳에서 시신이 발견되지 않은 사람이 하진 한 사람뿐이라서 그런 겁니다."

"그렇다는 것은 하진 씨는 이번 사건과 관련이 없을 수도 있다는 소리군요?"

"잘하면요."

"…그렇군요."

그는 명선미에게 하진에 대해 물었다.

"가장 최근에 녀석을 만난 것이 언제입니까?"

"…한 3년쯤 된 것 같아요. 하진 씨가 파병을 마치고 돌아왔을 때쯤이었지요. 그때 우연히 길에서 마주친 적이 있어요."

"우연치고는 아주 절묘했군요."

"…짓궂었다고 해야 하겠죠?"

"그래요, 그렇다고 말해도 되겠네요."

명선미는 대대로 요정을 운영하던 집안으로 명창의 슬하에서 태어난 조부가 계셨지만 서자에다가 기생과 결혼했다는 이유로 집안에서 배척당했다.

집안에서 쫓겨난 명선미의 조부는 아내와 함께 이곳 강남에 요정을 차리고 그 명맥을 지금까지 내려오고 있었다.

가업을 물려받기 위해 창과 춤을 배운 그녀였지만 하진의 집안에서 보기엔 영 탐탁치가 않았다.

대대로 군인 집안에 현대판 기생이 들어와 앉는다는 것은 아예 상상조차 할 수 없는 일이기 때문이다.

장성 집안에 기생. 결국 두 사람은 가문의 반대에 못 이겨 생이별을 하고 말았다.

하진이 그토록 커리어에 집착하고 한국보다는 외국에서 조금 더 많은 시간을 보낸 것은 모두 명선미와의 이별 때문이었다.

그것은 반대로 하진에게 약이 되어 그를 최연소 소령으로 만들었지만 두 사람에게는 다시는 건널 수 없는 강을 만들어낸 계기가 되기도 했다.

그녀는 3년 전 하진을 다시 만났을 때를 회상했다.

"아주 힘들어 보였어요. 몸이 고되는지 얼굴이 많이 상해 있었지요. 하지만 마음에 남아 있던 상처가 거의 다 아물어서인지 표정은 상당히 밝았어요."

"선미 씨는 어땠는데요?"

"…글쎄요, 연석 씨가 보기엔 어떤 것 같아요?"

"괜한 것을 물었군요."

명선미는 어두운 얼굴로 말했다.

"3년 전에 한 번 마주친 이후론 연락을 해본 적이 없어요. 물론 몇 번인가 부대를 찾아간 적은 있지만 만날 수는 없었죠."

"하진은 맺고 끊는 것을 아주 잘하는 남자이니 당연히 그랬겠지요."

"…그래도 생일마다 우리의 추억이 담긴 장소를 찾아가는 것을 멀리서 지켜보았어요. 다가가고 싶었지만 차마 용기가 나지 않았어요. 만약 잘못해서 그가 이곳을 다시 찾지 않게 된다면 그나마 멀리서 지켜보는 것도 할 수 없을 테니까요."

연석은 두 사람의 사이가 이 세상에서 가장 안타깝다고 생각했다.

"그렇다면 하진이 최근에 어떤 일을 당했는지 알 수도 없었겠군요?"

"몰랐어요. 그가 그렇게 힘들었다는 것을."

"아마 알았어도 어떻게 해줄 수는 없었을 겁니다. 아시잖아요? 그놈, 고집이 얼마나 센 놈인지 말입니다."

"…그래서 더 가슴이 아프네요."

이 세상 그 어떤 누구도 명선미만큼 하진을 사랑해 줄 수는 없을 것이다.

그것은 하진 역시 마찬가지였지만 두 사람은 아무래도 다시는 이어질 수 없는 인연이었는지도 모른다.

그는 명선미에게 명함을 건넸다.

"새로운 명함입니다. 진급하면서 서를 옮겼어요. 혹시라도 하진에 대해 알게 되는 사실이 있거나 그를 만나게 된다면 꼭 연락해 주세요."

"물론이죠. 가장 먼저 연락할게요."

"오늘 말씀 고마웠습니다. 그럼."

돌아서려던 연석에게 그녀가 말했다.

"연석 씨, 할 말이 하나 더 있어요."

"뭡니까?"

"…이건 비밀인데… 하진 씨의 어머니가 한 번 찾아오셨어요."

"어머니께서요? 언제요?"

"한 2년쯤 되었나? 저에게 다시는 하진 씨를 찾아가지 말라고 조언하셨어요."

"조언이요? 경고가 아니고?"

"이미 끝난 사이에 무슨 경고가 필요하겠어요? 혹시라도 하진 씨와 가깝게 지내지 말라고 말씀하셨어요. 이건 한때나마 아들의 약혼녀로 지내온 저에게 주는 마지막 충고라고 하셨죠."

"흐음."

"일이 어떻게 된 일인지 저는 알 수 없지만 어머니께선 그때 아주 힘들어 보였어요."

"그런 일이⋯⋯."

"아무튼 그때 이후론 어머니를 뵙지 못했지만 항상 감사하고 있어요. 그래도 지나간 인연이라도 저를 생각해 주신 거잖아요?"

"그래요, 어머니께선 아주 정이 많은 분이셨죠. 얼마나 정이 많으시면 하진 친구들 면회를 다 다니셨을까요?"

하진의 어머니는 아들 친구들이 군에 있을 때 일일이 부대를 방문하여 며칠씩 휴가를 만들어주고 가곤 했다.

어려서부터 한 동네에서 자란 자식 같은 하진의 친구들에게 어머니의 도리를 다 하였던 것이다.

연석은 그런 그녀를 너무나도 또렷하게 기억하고 있었다.

'어머니께서 충고를 하셨다. 하진에게 가까이 하지 말라니, 무슨 사연이 있던 것일까?'

그는 웃으며 악수를 건넸다.

"아무튼 말씀 감사합니다. 다음에 또 와도 되죠?"

"물론이죠."

"그럼 저는 이만⋯⋯."

연석은 복잡한 심경에 사로잡혀 요정을 나섰다.

　　　　　　*　　　　*　　　　*

　충북 진천의 한 목장.

　서걱, 서걱!

　낫으로 풀을 베며 목장 주변을 정리하고 있던 한 사내가 자신을 향해 달려오고 있는 자동차를 바라보았다.

　덜컹, 덜컹!

　길이 워낙 험해서 이곳으로 들어오는 차들은 대부분 어딘가가 긁히거나 하체가 파손되곤 한다.

　"제기랄, 아직도 길을 포장하지 않은 거냐?! 도대체 넌 여길 어떻게 드나들고 있는 거여?!"

　사내는 손가락으로 거대한 바퀴가 달린 트럭과 SUV 차량을 가리켰다.

　"내 차들은 이곳을 아무리 드나들어도 이상이 없어."

　"…남을 배려하지 않는 습관은 여전하구나."

　그는 아주 오랜만에 찾아온 친구 연석을 바라보며 두 팔을 벌렸다.

　"반갑다! 너무 오랜만에 찾아오는 것 아냐?"

　"한 5년쯤 되었나?"

　"그러게 말이야."

　연석의 친구 민혁은 젊은 나이에 목장을 일궈 지금은 연매출 100억대를 호가하는 초호화 목장 단지를 일구어냈다.

그는 민혁을 바라보며 아주 어색하게 웃었다.

"하하, 5년 만에 나타나서 놀랐지?"

"놀랄 것이 뭐 있냐? 친구가 친구의 집에 놀러 오는데."

"그래, 놀러."

연석은 민혁에게 하진의 부고 소식을 전했다.

"민혁아, 놀라지 말고 잘 들어. 하진이 실종되었어. 어제 뉴스 봤지?"

"뉴스?"

"방산동 일대에서 일어난 살인사건 말이야. 30명이 죽었다는……."

"아아, 들었지."

"그 사건의 용의자로 지목된 사람이 바로 하진이야. 지금 하진이는 피를 4리터나 흘린 채로 사라졌고."

"뭐, 뭐라고?!"

"경찰에선 그가 용의자가 아닐 것이라고 조심스럽게 추측하고 있는 상황이야. 나도 현장을 다녀왔는데 아무래도 하진은 용의자가 아닌 것 같아."

"그럼?"

"아직 자세한 것은 나도 잘 모르겠어. 하지만 확실한 것은 하진이 뭔가 아주 단단히 잘못되었다는 거지."

"…5년 만에 찾아온 소식치곤 너무한 것 아니야?"

"미안하다. 전화로 하는 것보다는 직접 찾아오는 것이 나을 것 같아서 이렇게 왔다."

"그래……."

다소 충격을 받긴 했지만 오랜만에 이곳까지 온 친구를 그냥 돌려보낼 수는 없는 민혁이다.

"왔으니 하루 묵고 가라. 안 그래도 지금은 길이 어두워서 나가기도 힘들잖아?"

"그래도 되겠어?"

"마침 좋은 고기가 많이 나왔으니 저녁에 소주나 한잔하자고. 나도 요즘 찾아오는 사람이 없어서 적적하던 참이야."

"그래, 그렇다면 마다 안 할게."

함께 목장의 사옥으로 가는 길에 민혁이 넌지시 말했다.

"그런데 말이야."

"응?"

"예전에 하진의 아버지가 한 번 찾아오셨어."

"아버지께서?"

"어쩐 일인지 나에게 트럭을 한 대 선물로 주시더라."

"뭐? 왜 뜬금없이?"

"응. 아버지를 찾아뵙지 못한 것이 꽤 되었잖아. 안 그래도 받지 않겠다며 고사했는데 끝까지 주시더라고."

"흠……."

"그러면서 하시는 말씀이 당신께서 우리 부모님께 못 갚은 빚이 있다고 하셨어. 돈으로 받은 것은 아니지만 마음으로 받은 것을 청산하지 못했다고 하시더군."

"원래 두 분께서 친한 사이셨나?"

"그건 잘 모르겠어. 같은 동향에선 으레 그런 일이 있잖아. 사람이 살면서 한 번이라도 도움을 안 받고 살 수가 있나?"

"으음, 그건 그렇지."

"아무튼 그런 이유에서 나에게 트럭을 선물한 거라고 하시더라."

"그렇지만 왜 그렇게 갑자기 찾아오신 거지?"

"마지막엔 나에게 다시는 못 볼 거라고 말씀하신 것 같아. 그때는 왜 그러시나 했는데 실종 소식을 듣고 나니 기분이 몹시 좋지 않더라."

"……."

연석은 하진의 부모님이 애초에 자신들의 자리를 정리하기 위해 움직이고 있었다는 것을 어렴풋이 느낄 수 있었다.

'뭘까? 도대체 왜 그런 일들을 벌이고 다니신 것일까?'

그는 도저히 두 사람의 의도에 대해서 눈치챌 수가 없었다.

"아무튼 오늘은 푹 쉬고 내일 돌아가. 특별히 A++등급 소고기 내올게."

"고맙다."

"고맙긴. 오늘 같은 날 하진도 있었으면 참 좋았을 텐데 말이야."

"…그러게."

오늘따라 하늘마저 씁쓸해 보이는 연석이었다.

                    *   *   *

　이른 바 방산동 난도질 사건에 대한 조사가 급물살을 타고
있었다.
　살인사건이 일어난 주택가 인근에 세워져 있던 자동차 블
랙박스가 현장의 일부분을 촬영하고 있었던 것이다.
　경찰은 차주에게 협조를 구하여 4채널 블랙박스의 영상을
모두 회수하여 정밀분석에 들어갔다.
　―이 새끼, 죽어라!
　―퍽퍽퍽!
　아주 미세하지만 사람들이 뭔가 흉기를 들고 서로 부딪치
며 싸우는 소리가 블랙박스에 모두 녹음되어 있었다.
　연석은 헤드셋으로 그 소리를 들어보고 있는 중이다.
　"어떻습니까? 친구의 목소리가 들리십니까?"
　"네, 맞습니다. 제 친구의 목소리가 들리는군요."
　"그래요, 이 목소리. 꽤 많이 들렸습니다만, 서른 명을 모두
난도질한 것 같은 소리는 안 들렸습니다."
　"…뭐지? 뭐가 어떻게 된 거야?"
　"한번 끝까지 들어보십시오. 흥미로운 것은 이 다음에 나옵
니다."

연석은 다시 헤드셋을 끼었다.

—…끼기기기기기긱!

"으윽!"

"조금만 참으세요. 현장에서 났던 소리입니다."

"이, 이 소리가요? 이게 무슨 소리죠?"

"지금 소리 분석 전문가에게 보냈습니다만, 언뜻 듣기에도 보통 소리는 아닌 것 같죠?"

"그러게 말입니다."

그는 계속해서 소리에 귀를 기울였다.

—촤좌좌좌좌좍!

—끄허어억!

—이런 씨발! 이게 도대체 뭐야?!

—사, 살려줘!

블랙박스가 조금 멀리 떨어져 있어서 음질이 또렷하지는 않았지만, 이것은 분명 대량의 살상이 벌어지는 현장이 맞는 것 같았다.

잠시 후, 마지막으로 하진의 목소리가 들린다.

—어, 어어어……?!

파하아아아아아!

모종의 인물이 하진을 납치한 것인지, 아니면 누군가에 의해 살해된 것인지는 모르겠지만 하진 역시 변고를 당한 것이 분명했다.

그러나 이상한 것은 주택가를 빠져나가는 유일한 길목을 지나가는 사람이 이 사건 이후로 한 명도 없었다는 것이다.

　그렇다면 도대체 하진의 시신은 어디로 사라진 것일까?

　해당 관할 경찰들은 이번 사건에서 하진 역시 피해자일 것이라고 추측했다.

　"지금까지 보인 정황들로 미뤄보자면 연하진 씨는 누군가에 의해 납치되었거나 현장에서 즉사한 것 같습니다."

　"…그렇다면 시신은요? 시신이 없잖습니까?"

　"그게 이번 사건의 가장 큰 난제입니다. 이제 연하진 씨가 범인이 아니라는 것이 어렴풋하게 보이긴 하지만 그의 시신이 없다는 것은 뭐라 말하기가 힘들 정도로 난해하군요."

　"……."

　하진의 마지막 모습이 담긴 블랙박스의 영상을 자꾸만 돌려보던 그는 끓어오르는 분노를 주체할 수가 없었다.

　'제기랄, 제기랄!'

　휘리리릭, 휘리리리릭~

　자꾸만 영상을 되감던 그의 눈에 이채로운 장면이 눈에 들어왔다.

　"자, 잠깐만요!"

　"왜 그러시죠?"

　"저, 저기를 좀 보세요!"

　"……?"

연석이 손가락으로 가리킨 곳은 하진의 집과 마주한 5층 높이의 상가주택이었는데 그 일면이 모두 유리로 되어 있다.

덕분에 하진의 집에서 일어난 일들이 아주 희미하게나마 보이고 있었다.

"혹시 이 영상들을 확대할 수는 없을까요?"

"노이즈를 없애는 것은 가능할 겁니다. 아마 그렇게만 되어도 충분히 인물의 얼굴이나 사건 현장이 보이겠지요."

"…이런 단서가 있었다니! 다행입니다!"

"눈썰미가 좋으시군요. 저희들은 삼 일 밤낮을 돌려도 나오지 않던 것인데 말이죠."

"너무 절박하면 이렇게 되는 모양입니다."

지금 그는 삼 주일이 넘도록 집에 들어가지 못한 채 하진의 흔적만 찾아다니는 중이다.

집에선 아내와 자식들이 볼멘소리를 해대고 있었지만 그는 결코 멈출 수가 없었다.

"제가 이것을 영상 전문가에게 가지고 가보겠습니다."

"그래주시겠습니까?"

"…친구의 얼굴을 좀 보고 싶네요."

"그럼 부탁 좀 드리겠습니다."

그는 블랙박스의 영상을 가지고 영상 전문가를 찾아갔다.

*　　　*　　　*

블랙박스의 영상을 판독한 서울 한산대학교 임영추 교수는 노이즈를 완벽하게 제거하고 영상 확대 기술로 사건 당시를 조금 더 자세하게 알 수 있을 것이라고 말했다.

"대략 사나흘쯤이면 작업이 끝나겠군요."

"사나흘이라……. 기다릴 수 있습니다."

"그렇다면 이 영상의 복사본을 가지고 음향학과를 찾아가 보시지요. 아무래도 마음에 걸리는 소리가 꽤 있다고 하지 않으셨습니까?"

"그래야지요. 아시는 분이 있으십니까?"

"같은 한산대학교 유명찬 교수를 찾아가 보십시오. 아마 오늘 안에 분석 결과가 나올 겁니다."

"잘 알겠습니다."

임영추에게 영상을 맡겨놓은 연석은 같은 학교 바로 아래층에 있다는 유명찬 교수를 찾아갔다.

그는 한국 음향학계의 최고봉으로 일컬어지는 소리의 전문가였다.

유명찬은 임영추 교수가 추천했다는 말을 듣곤 흔쾌히 블랙박스의 소리를 분석해 주기로 했다.

―끼이이이이이익!

전문가용 헤드셋으로 소리를 들어본 유명찬 교수는 한마디로 단언했다.

"분석이 불가능하겠는데요?"

"어, 어째서요?"

"적어도 이 소리는 물질계에선 찾아볼 수 없는 소리입니다."

그는 연습장에 그래프를 그리기 시작했다.

"물질계에서 나는 소리에는 몇 가지 특징이 있습니다. 하지만 이 소리에선 그런 것들을 전혀 찾아볼 수가 없습니다."

"그게 무슨 뜻입니까?"

"자, 보십시오. 이게 일반적인 소리의 모습입니다. 인위적으로 만든 자연적인 소리가 아닌 이상에야 몇 가지 소리가 함께 날 수가 없습니다. 헌데 이 소리를 한 번 들어보십시오."

ㅡ끼이이이이익!

연석은 소리를 자세히 들어보곤 수없이 많은 소리가 서로 겹쳐 있다는 것을 알 수 있었다.

"이제야 느껴지는군요. 확실히 엄청나게 많은 소리가 섞여 있습니다."

"그럼 노이즈와 주변의 음성들을 제거하고 한번 들어볼까요? 정확하게 몇 가지의 소리가 나는지 말입니다."

그는 기계로 음성과 노이즈를 제거하고 특유의 음파만 잡아서 소리를 재현해 냈다.

ㅡ끼이이이이이익!

"지금 제 기계가 잡아낸 것만 해도 500가지가 넘습니다. 그것도 이 기계의 한계점을 감안한 수치입니다. 한계점을 뛰어넘는다면 더 많은 소리가 잡히겠지요."

"흠……."

"현장에 이런 소리를 일으킬 수 있는 음향 장비가 있었습니까?"

"아니요. 그냥 작고 낡은 컴퓨터가 한 대 있었을 뿐입니다."

"그래요, 인위적인 기계음이 아닌데 이런 소리가 난다는 것은 있을 수가 없어요."

"그렇다면 이것은 어디서 난 소리일까요?"

"글쎄요, 연구를 해봐야 알겠지만 지금은 뭐라 단언할 수가 없군요."

연석은 사건이 점점 미궁 속으로 빠져들고 있다고 생각했다.

'뭐가 뭔지 모르겠군. 마치 누군가 일부러 사건을 꼬아놓은 것 같아. 퀴즈를 푸는 느낌이라고나 할까?'

유명찬은 그에게 복사본을 가지고 연구를 해볼 수 있도록 부탁했다.

"만약 기회를 주신다면 이 소리를 본격적으로 분석해 보겠습니다."

"그래주시겠습니까?"

"저에겐 아주 좋은 기회가 될 겁니다. 개인적으로 한번 해보고 싶은 도전이기도 하고요."

"그럼 좀 부탁드리겠습니다."

"저야말로."

지금 중요한 것은 소리보다는 하진이 어떻게 사라졌는가에 대한 것이니 사나흘 후엔 사건의 전말이 밝혀질 수도 있을 것이다.

*　　　*　　　*

며칠 후, 연석의 핸드폰으로 전화가 왔다.

ㅡ경감님, 분석이 끝났습니다.

"아, 그래요? 금방 가겠습니다!"

편의점에서 컵라면으로 대충 끼니를 때우고 있던 그는 황급히 차를 타고 한산대학교로 향했다.

영상 전문가 임영추 교수는 조금 굳은 얼굴로 그를 맞이했다.

"오셨습니까?"

"어떻게 되었습니까? 당시의 상황이 잡혔습니까?"

"잡히긴 잡혔습니다만……."

"……?"

"이걸 도대체 뭐라고 말씀드려야 좋을지 모르겠군요."

"도대체 왜 그러십니까?"

"백 마디 말보다 한번 보시는 것이 빠를 것 같군요."

그는 노이즈를 제거한 고밀도 확대 영상을 확인했다.

─촤라라라라락!

─끄아아아아악!

"……"

영상에는 거대한 칼날이 혼자 돌아가며 사람들을 죽이고 이상한 상자 하나가 하진을 먹어치우는 장면이 연출되고 있었다.

"이, 이런 말도 안 되는 일이……?!"

"제가 영상 분석만 30년이 넘었습니다만, 단언컨대 이런 영상은 처음입니다. 참, 어디 가서 말하기도 힘든 상황이군요."

그는 황급히 전화기를 들었다.

"…김연석 경감입니다! 반장님 좀 부탁드립니다!"

─네, 잠시만요.

수사팀 아무에게나 전화를 건 하진은 수사반장과 전화를 연결했다.

─네, 경감님.

"반장님, 영상 나왔습니다!"

─오오, 그렇습니까?! 특이한 점이라도 발견되었습니까?

"일단 현장에 있는 물건들을 그대로 보존해 주시고 그 안으로 개미새끼 하나 들어가지 못하도록 해주십시오. 지금 당장 영상을 가지고 그쪽으로 가겠습니다."

─…무슨 영상인데 그러십니까?

"여기서 자세히 말하기가 좀 그렇습니다. 다시 한 번 말씀드리지만 아무도 들어와선 안 됩니다. 또한 그곳에 계신 누구도 나가지 마시고요."

—흐음, 일단 알겠습니다.

그는 영상을 챙겨서 현장으로 향했다.

수사팀은 아침부터 호들갑을 떠는 연석 때문에 식사도 제대로 못하고 그를 기다리고 있었다.

"…반장님, 그 사람 잘 아는 사람입니까?"

"경찰학교에서 꽤 유명하던 프로파일러라고 하더군."

"프로파일러가 왜 자꾸 이 사건에 매달리는 겁니까? 용의자도 없는데 말이죠."

"친구가 용의선상에 올랐던 연하진 씨야. 그래서 저렇게 미친 듯이 매달리는 거지."

"쯧, 불쌍하군요. 친구를 잘못 만나서 저 고생이라니. 이래서 친구를 잘 사귀어야 합니다."

"자네는 친구를 잘 사귀었나?"

"저야 잘 사귀었지요. 지금까지 사고치는 놈 하나 없으니까요."

"그것 참 다행이군."

잠시 후, 김연석 경감이 헐레벌떡 달려왔다.

쾅!

"반장님, 저 왔습니다!"

"오셨군요. 저희 팀원들, 지금 밥도 못 먹고 기다리고 있었습니다. 무슨 영상인지 몰라도 한번 봅시다."

"자, 여기요."

그는 태블릿PC를 이용하여 영상을 재생시켰다.

—촤라라라라라락!

—끄아아아아아악!

—꿀렁~

—이, 이런 씨발……?!

처음부터 끝까지 영상을 확인한 수사팀은 할 말을 잃고 말았다.

"……"

"태어나 이런 경우는 처음입니다. 누군가 신무기를 개발하느라 실험 대상을 삼은 것일까요?"

"아무리 그렇다고 해도 이건 좀……."

수사반장은 일단 영상을 보안에 붙이기로 한다.

"오늘 이 일은 당분간 아무도 몰라야 합니다. 제가 상부에 보고드릴 테니 경감님께선 국으로 보안을 지켜주시지요."

"물론입니다."

"참, 살다 보니 별……."

"그나저나 제 친구는 이제 어떻게 되는 것일까요?"

"흠, 일단 현장을 조금 더 뒤져보기로 합시다."

"휴우……."

상자가 먹어치운 친구라니, 그는 마음이 심란해져 왔다.

바로 그때, 그의 심란한 마음을 더욱 흔드는 전화가 걸려왔다.

따르르르르르릉!

[명선미]

"네, 선미 씨."

—연석 씨? 지금 어디시죠?

"현장에 와 있습니다. 무슨 일이라도 있으십니까?"

다급해 보이는 말투의 그녀가 무언가에 쫓기듯이 말했다.

—…제 말 잘 들으세요. 아버님은 살아 계세요. 그리고 비리에 연루되어 탈영하신 것도 아닙니다.

"예? 그게 무슨 말입니까? 천천히 알아듣게 설명해 보세요."

—그럴 시간이 없어요, 지금.

—치이이이익!

"여, 여보세요?!"

한참 노이즈가 끼던 명선미의 핸드폰이 신호를 잃어버렸다.

"제기랄!"

그는 재빨리 요정으로 향했다.

"이곳을 부탁합니다!"

"무슨 일이십니까? 얼굴이 아주 사색이 되었는데요?"

"중요한 참고인의 신변에 문제가 생긴 모양이에요!"

"참고인이요?"

"하진의 전 애인입니다. 아주 중요한 요인이에요."

"이런, 그럼 우리도 가만히 있을 수 없지요! 최 형사, 정 형사, 같이 따라가!"

"예, 반장님!"

그는 고개를 꾸벅 숙였다.

"고맙습니다!"

"별말씀을요! 어서 가보세요!"

"그럼 잘 부탁합니다!"

그는 두 형사와 함께 요정으로 향했다.

『무한 레벨업』 4권에 계속…

초대형 24시 만화방

신간 100%, 샤워실, 흡연실, 수면실(침대석), 커플석, 세탁기 완비

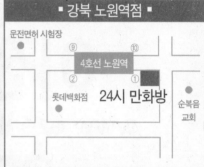
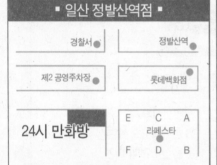

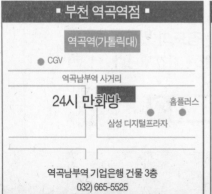
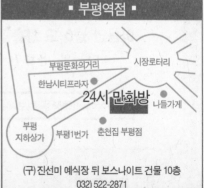

MAJOR LEAGUER
메이저리거

FUSION FANTASTIC STORY

강성곤 장편 소설

꿈꾸는 자에게 불가능은 없다!

『메이저리거』

불의의 사고로 접어야만 했던 야구 선수의 꿈.
모든 걸 포기한 채 평범한 삶을 살던
민우에게 일어난 기적!

"갑자기 이게 무슨 일이지?"

그의 눈앞에 나타난 의미 모를 기호와 수치들.
그리고 눈에 띈 한 단어.
'타자(Batter)'

특별한 능력을 얻게 된 민우의
메이저리그 진출기가 시작된다!

Book Publishing CHUNGEORAM

유행이 아닌 자유추구 -
WWW.chungeoram.com

검자 新무협 판타지 소설
FANTASTIC ORIENTAL HEROES
목탁
해적으로 바다를 누비던 청년,
절해고도에 표류해… 절대고수를 만나다!
"목탁은 중생을 구제하는
좋은 이름일세."
더 이상 조무래기 해적은 없다!
거칠지만 다정하고, 가슴속 뜨거운 것을 품은
목탁의 호호탕탕 강호행에
무릎이 요동친다!
Book Publishing CHUNGEORAM
WWW.chungeoram.com

연기의 신

FUSION FANTASTIC STORY

서산화 장편소설

GOD OF ACTING

PRODUCTION
DIRECTOR
CAMERA
DATE   SCENE   TAKE

무대, 영화, 방송…
모든 '연기'의 중심에 서다!

『연기의 신』

목소리를 잃고 마임 배우로 활동하던 이도원은
계획된 살인 사건에 휘말려 비참한 죽음을 맞이한다.
그런 그에게 주어진 특별한 기회, 타임 슬립.

"저는 당신의 가면 속 심연을 끌어내는 배우입니다."

이제 그의 연기가 관객을 지배한다!
20년 전으로 되돌아가 완전한 배우로서의
삶을 꿈꾸는 이도원의 일대기!

Book Publishing CHUNGEORAM

유행이 아닌 자유추구 -
WWW.chungeoram.com